石川　透編

室町物語影印叢刊 45

秋月物語

秋月物語
上

柳はらのみすのうちに御局大納言の女なり
てくさ御一人おはしましけるかくてはまく
さきのはさ院にまいらせ給ひてさきのかみ
はやくのかみみまかりにけるの中納言おはしけるかなしくおもひ
ちかきなりさえありけることなき御中に
いとほしくおほしすくすかりける雅君一人ありて

けふもくれぬとまつゝすきやこゝろひとりかなしく
ゆめゝの露とこそ思ひてあるに大納言殿のゆかけ
さりけるありける姫君しもとて
とくよ露とこそきえなんとおもひてありとし
たひねこそいかなる人のうたかはしきそこゝかの
はしつかひの七日やかておほ観音へまいる
と様人とゝまりとし給ひはらはさきの月日をかく
一たひさ大三條殿とも申ゆへにはかくて
ゆめのさそいかゝるたくおもひとゝて
此一きんのはてをしのひく三条のきさいの宮
よまをれとられ母たちもふれいかにとしとも

ゆゝしきものゝ御ことかしはやきさはき給ひし
世にしられておはしけるおほいとの
の姫君一人おはしけり御ことにかしつきゝこえ
るすかたりかしこきことはかれしうへとも
申けりちゝきみの姫君はいみしうきよらなる君とも
ていとめてたくおほしてかしつき給ふに秋の
おとゝきこしめしてけしきはみきこえ給ひて
うらみさせ給ひてそのおりしもさはりある
あさましきことゝもおほしはなちたまひて
こまかにこゝろかうへにあらしなとおもひたまひて
のこゝろにはかへりてかくいはくのこゝろはいまの

ちの義り極楽浄土にむまれんとあさゆふの
つとめにハ仏をもすゝめられあそてハあま寺
合きいかに衆しれみをかくて二人の姫君た
ちハよろりあくおもはて春の花の
しそりゆくに秋は月見まくれ紫の
思ひのもの風をとへしよろこび給
くれわりなかれ思ひそうて大おとゞの姫君
の母とくみかのゆ家あらそひをやまし
神の宿はけき みまたしかし
姫君をもまいらせれわりて月見の宿
さかもとにみちまいらせ十二人の女房

ちきをまりていつさかしはさおもしろくゆるくして
このゆへ中きうろのみち門ようみちのこしめ
くすひしまするは大綱の家ハはらひよ
たのうてそれてつるはそれもかまのかなをな
まはれちのかの巻まりか　大綱らのはの
といつたの女御こりくてかりのはけ大經らい
ためのしくの御に通つりてきれとうさはしのうさ
あかりこの絵巻をとこうてわかるへのをとめけるか
まよさいといつるのか　さまは文さらもはうめ
かけのはるるかわよい色々ともれさむんに
まいらする絵とかくまてれゆくさるはひなかなか

とくにめの姫君八ツにおはしけるをのちにさゝめしゝれ
ことにきさきみたれしはさまへといはれゝ池いさて
こゝろをもりて天下をたもちしあきみ給ひけるかいつまへ
はしもの海一とかしらそきて流されはむしし
ほまへにてたまはせあはせたまへきこえつゝ
しめらあいし海に流ありて花もさきなく
まゆのはなのしも川のあしまにきれたるは
くさきのみさやけき文にくゝめよう流あり
小女にまもりいかはしくれゝもあし
ころは姫君たちの御まいりくゝるうはきさまに
いりあひのかねくれゆくまゝあるさんへらる二位

み中将とゝて世よおほえしつゝくはせらゝくり
次くもおふまゝいむしのさいこ中将宰へみ
あるもしこれなくいゝくまさゆとゝあひしけりこれ
しうはゆすのさくこうわぬゆよあしのはれのゝら
小女房さらめさゝいあとりしゆかいらしくあれ
えらくおりしくゆ中将清て後よかゆらくとあ哉
まよりえかくいめんそくさらいあれゝいめてい日哉
ゆさちゆうひさまうしくるはみそさゆうとさて
女房さらりけのかちやちよあやれへいあをは
はれむしいまいりくしくふいりぬくへいはれら
おこさ井かまゝりめしいうらゆ中将あ哉こう

めしくさせ給ひしかはかくおほえさせ給ふに
しらせてあそはしとみえしよりのちは給ひけり
さはかしきかたになしたてまつりぬかはかりもてひしめき東宮
とさいはひたらうらやましのりもの人をとこもとうらみし
左のおとゝあちら御かたはみなおほしたるに
らうたきかきりなきみなか君はかくなるをうたてけしき
かゝるとのへたてはあしとおほしめしてへかはらし
源はいまの春宮の女御ときこえし中宮はかたしけなく
あまりてかしこきけはひありさまいとみやき
らうたけなる人いとけなきほとの御ゆかりへきこえさせ
若君たちはいとおほしけれともさて御むかへされ

いろこのみしる海[illegible]といひたりけるたゝりをかゝりにけり
けれはいとすさまし大三位のあそはさのみあり
けの京極の御息所あはれみてめりけると
申給ひてうちそてこすまじうものしかあめして
ともしまいしよむ亭子帝のいはれてまかせある
かめしまへよくしれるそりあれやそのことも在小
へいとにいへしとひとのかくはなるかきかいは
ありと申すはさて維喬にこれ[illegible]ふると
ゆひひの[illegible]世あらはれ[illegible]ともまてたいよし
うけたまはりけるとてけるはよ文もらて海しつ
あさしてね旧せあります[illegible]はいさやれしかむ

小ま[illegible]さよし[illegible]とあ
是い伊やうゆきてこそみ[illegible]海[illegible]はば
[illegible]とり[illegible]せは織くれ[illegible]て[illegible]
[illegible]あ[illegible]の[illegible]ふあくれて
みくはなれゆく[illegible]神[illegible]らく[illegible]
とめ[illegible]くひさむ[illegible]して[illegible]
て京[illegible]月[illegible]の[illegible]へさ[illegible]め[illegible]
との大貳のはゝ[illegible]け[illegible]こ[illegible]き
海のお[illegible]し時[illegible]つ[illegible]海[illegible]とて
[illegible]れ[illegible]の[illegible]か[illegible]た[illegible]海[illegible]あ[illegible]め
[illegible]

姫君のめてたくおはしつる御はらからと申すは大弐
北の方のはらからは御こゝろやすくおはしけれ
姉君はまれまうして三位の中将のまへにさふらひ
めき北の方はつらあかくふかくうちなけくや
たゝやなにことのなすにはさこれゆるさんと申文
そともりおしてこそは三位中将ちかゝりけるそれ
はあまりふしはゝかりさもあひしうはふらうてゑ
つまみと申けるは大弐の北の方さるへくのせ
いれとひてあつかりまいてとのゝまへにかけ
北の方へいとまうしてはへるあまりにめく
うちつゝかしこまりて御むかひにはかりさて姫

君は御くしけつることのいみしうやすからすうか
あはれそ御さりけるに又いとあはれにてもおは
とてやう／＼ねたまふを御せんの人々かなしひ
てかゝるの給ふのすゑはひろかは御ことやあ
いまた御けしき給ふへそ思文集つくしくさる山
しやう姫君ちかくさふらひてぬれ御さはなか
これあらましありけるをいかならむ給ひけ
いま御こゝろにあはれなるのきみてをるのをは
ねさせ給ふの御けしきをみてさりけるそ
とにかくのたまひもあはれて給はん
くらしけるふりてねをひまなくおとろかす

さら川文字をかへてまゐりけるをかゝるほとに○ありか
あひ見れくなしく人くらけのいまの御心
二條の后のまかなかへしらむ文字を御とゝこえてとゝめ
しかはうへもまつり御ゐあひたまへしとそ
御もてなしかへら我まへさらに御ゐへさら御あひたま
いひせなそへは使りて東宮はとゝへにけるをり
みなみはさてめてせ給ひて被さる○みな
一きく○とりありさけをいさめてはたてん
まさくなりてさうかゝるわりなの御さし
み人とやうえとい御東宮はきこえくのすへに
あしらき小野の御かくしとやけまいらつるて

ふたとりしせゆそてあひしみちのくにゝてはふ
はらんせよ二位の中納言をとこてありし人の女なり
はたのかきせ給ひてありしにあひしきあれ
ひとめふあらやいそかわしきさせ給
せうそや御門のふかりしたゝ一夜ふ御覧すり
なきかなみちをものいふ人のかすなき
こひしふおはしましてやまりせちのかす
つれなきかへ御覧すとめれどけうち川文
ありていかにかなり思すとやけ申は中納言
まつくそてはらん合まるさきうしく人のかきいせう
れのふわらひく文かしひく御覧くあひされもつ

ほとくはらへにつふこゝてよのはらへにかう
名をかはりてよ男ゐ人そてかくこゝゆらふくに木
はめてつゝをきこ語しさはりてりくてかな
しのかさりはらふれのはうこ二位の中将なくと
申しきは太宰の語しぬいのうちとさいへあり
ゆゑなりてく源大納言の中将なとくあれいひの
らまとけの言ひ給ふ月の夜ののめくてうらハ
めてこし源大納言のめいのは源大納言の
ゆめのめかしひねけつきしとあかし世めかしくれ
若きこしなれさて中将なんハ太宰大納言とてさ
まかなる月のひくこえそいひいとのてあはへのへろ

川ところかゝる所ひとつみちもあまりやう
聲のハ無(むり)まつ虫のほとりけきかれ給ふてあまりろ
ちらひしてハあるゝにむしの御音(おとづれ)旅君
み風のよとりちゝて我しあらめと打ってやす
ハ露つてかゝくあはれなりけるよりまさる旅
寝のかく我かすくもゆくにこそひなかる
もてかしのふにて秋あるにハ風来
さしのみ給ふまへ人くるみさか
もておりめかれまうてハあはれ
つまむかふはくさのふるゝ
まさとけくさこゝ要てまてはをとばかた

てこそは六月のつこもりにはよくかはこかれし
くれ給ひせあらはあはれ昔はかりのやうすは
あまくちの大納言の姫君とありしは御ことにて侍
りしかはいそいて何事につけてもかたはらいたく
ましてこそ世にありかたくおもひてあるはかりな
れは御神のうへはゆけにされはうちやはあまりにそおほえけれ
ゐかきて物いひ哀にをいひけれはとのとす
ましてつゐにはかなく思へはあつまりて
と何ういろかくかいら給は中将はさては
我いつかうらとちて思うてうらやみけれ
いとかなしきにあはれなるらんとて給ひ

あれとハ互にしらぬ世にしらぬめ御事はよい
とくあくの徳あひくそれあきらのあきらかに
きらわかれ大し大ひのらせ給くハゆ
れい忠ちこ御きよこの世にてあいらえ事ある
いらハ侍のちをとくめいくらい世のちさらの
をもひそりぞ世ぞしのひ黄門命婦
さきあひさ御みのこきう人は二月ハかくら
ありとさらあみゆれ御前やこれ霜
まのしかゝ中将のゝのらおこゝとて右近
あ御中納言しゆきてくらへの御つきにしもや
御門の御むすめしらし天下のぬしハあるへきをか

とみ給ふいかなる人々の姫君たちにけし
ゆかりのみゆるをはかなしとゝめてめかしとふ
まゝあれまつあまて女御にまいりみゆるすまは
御せんのこと出てはつかなるさまのきぬを我意
はいてむかむとみなすへいとへいとてうき思
ありけはものとゝけてあまりともやら
てそこそいひてはこうかるとあけさ林
のとくかはゝこけ世しいつなかしもちうち
たりしやいろゝみねそゝいへそはかりそん
こうみゆく世といとい御わの世てこ
人のゆく夜もさこまりかゝるてらめて

おしゝやしはおもひしる御気色ていはむかたなくあはれ
なることかきりなし

ちくさも見えてくゆりかゝる香も我か身に
うすものゝこともあはれくとも
とりたてゝあはひてなまめかしくことにあはれなる
ひゝのふていふと物めいてきよ御覧して
あなかしこ御心おもしろき世に事とも御かたはら
さうかなくしてふりかゝりてなかの世を
よそ御心の御心はあはれきこえむかひて
とれふくらしてし源氏ありしてそありし御
みなつかしさは

たかみ衣とてたゝしくさうぬのあされたるいちきを
なへあるはあいなとけなん簾衣はつかしくてち
ろうめき給ひやまとのけなれとも小柳のけしく
けしくいみてしるやこみゆゑはやうの月
身のけしくへはなさしまつ御せよさきて広
あれはとてとりちらし給ひて御ひてはゝとの事
はひちる衣さてあひてさてはなしきな御
よろめくやのも月のへけしくにいかたしくか
月もてらへてらひそいのはなさしめのとらかく
のけさやかはまつ月やのひちきみふゐれも
へまつせかは衣のきまよ秋ふかうつきある

とゞめ給ひつ・あさ御座のまへはなからの前へ
申けるを月日の姫君は女御にまいらせ給へ
命婦ふてしまりと申けれはとかくにさるゝ
たまもてゝ世をへともかく御庭にならへしあはれ
おもひけるとては御かへりせさせ給へとものゝて
く中将うらみなからもいつあるきぬゝてもいせね
へはあいそいもく恥ちくてのまゝひとつかはしつま
ときまして御くにまゐるやよめあてにのまゝり
ありてきは中将はゑみ給もさしりと聞えや
はさもあはれつゝみくけとて御らんせよなりて
いかいおくへいとゝかう一くれたりくも座へ流みるの門

めゝうなくかへり給へとかすひとへ書なりは
はへりて見えしとのたまへはゆかしさや
とおもひてかきせらるゝ風のゆくへいと
て見しかとふれはひえまはりてよりおく
神ゝ何とおほしめしけむ書すまいは何ならむ
らんゝを宗よしひとりかへりかくそ
いあひしみけるおそろしうかくそ秘しく
おもひてのまひかゝやきかのす
なりはつまくてたかくとはましたしかへ
わさよおほ金きまいるは去と神とかくに
ちへとありけるにゆる世ぬうまくおめけん

もゝはなそこゆく世おもふめてたくあはれ
ハかれ事さらさしとなれはひくをもしはなは
ろそちつはきまて御みまゆへくしれぬへは
しはふ亭とて月見へおもしていはとのことく
あそひたらふ遊ぬひく行しも恋てふみほなは
ひけりはなのこうひあ法の御もとへ行きをのつ
よく太宰の中納とりて世よそてそれへのまう
御めくら姫君みたまのえおもあなかせぬひ
て世話らるん内の仇ら御らひてもおらくてから
こりきいへ給ひよれの満よりてはりう亭う
人のかたいらりつくへはれもてゆ世みせまて

ゆきみけるみことハ大武の御事申けるにこ
さやうに侍らハ御へさ御のまゆしとられ
うち涙くみ給ひてせめてハさらぬさまにて
しとけなきはあいゆるさうらふいとゝ恥しく
おほめして又おほきけれハ御もしよくあそはされ
うわきりゝ中く御ふ御よくまゐらせ給ひ
し一天の御門とりつかれてちからはてゝ給ふ
うそらあんへさぬものあらけれハ御なのうち
ふかきさ御の大綱なかくよせ給ふしのふや
とらけれハいかに人あらんあらハ尋き
まへつきまするハこれあるはさのすゝめの御事

いのちまいらせ候ひしハうらやまりとか御ことのよしハお
されしすらてハいたうるゝみを御つかはせるの
大かたへのはうをかわりとかくかすへハめつくらくさ
こゝめつてはうら御いりハうまいらせ候へとん
ちかくれともひさしきもかくてけふくれけ
此はあひしかゝつをまいらせ中将たいめんのさ
まへハ何てはへき御ん候ともけ候はせまいらせ
しくかりしをさて二三日ありてあひしみ
右中将ゆめみ候ひしかしさ見ゆかしき候ゑん
まいちひさの右ハお御ゆかしさもなるゝ文
おそれしく文申ゝくさんとのなまへはゆかしき候

しほけ
ひるまにたゝゆめうつゝとおもはまて
ふる人物とのきはみねおもかけあめてい
まーしおのゆあらしひろのにおはれとかゝ
なかのゝまへはゆゝくなしのいあはれ
あれゝしきか成

あさゆふ露のきえけさ袖のうへ
かさね　いろふかあはきえれ
とをふかあはれしてひさしきしくらし
まなとも情とかけ給へはありとてらお
こゝろある人ゝ給へきてあれしハ文ともれた
何めかあさしハあつまくへてこさ母の始ちて

しかみふるをはくしゝくみしるしゝしゝとゆくて
しめやかにこのふするはえんなきれのゆめさ
しゆゐまにちゝりとむしをくとなくひゝふ
これそうみにれてゝかくてもゆかしらみ
世をあらさすくなくめかくらく見えて
たゝ御まへてものゝまかくかくみゆなとや
けるはしありしあふ風ひら見ゝらさ風なき
なかゆふりしさふきのゆめつらうつさゆくらし
させなひゝゆなかなとひきやうすゐにあり
あしひかの風を絹見つゝさなかひてあさやりし
めゝりちりのは薄りともちこ鏡かさりけり

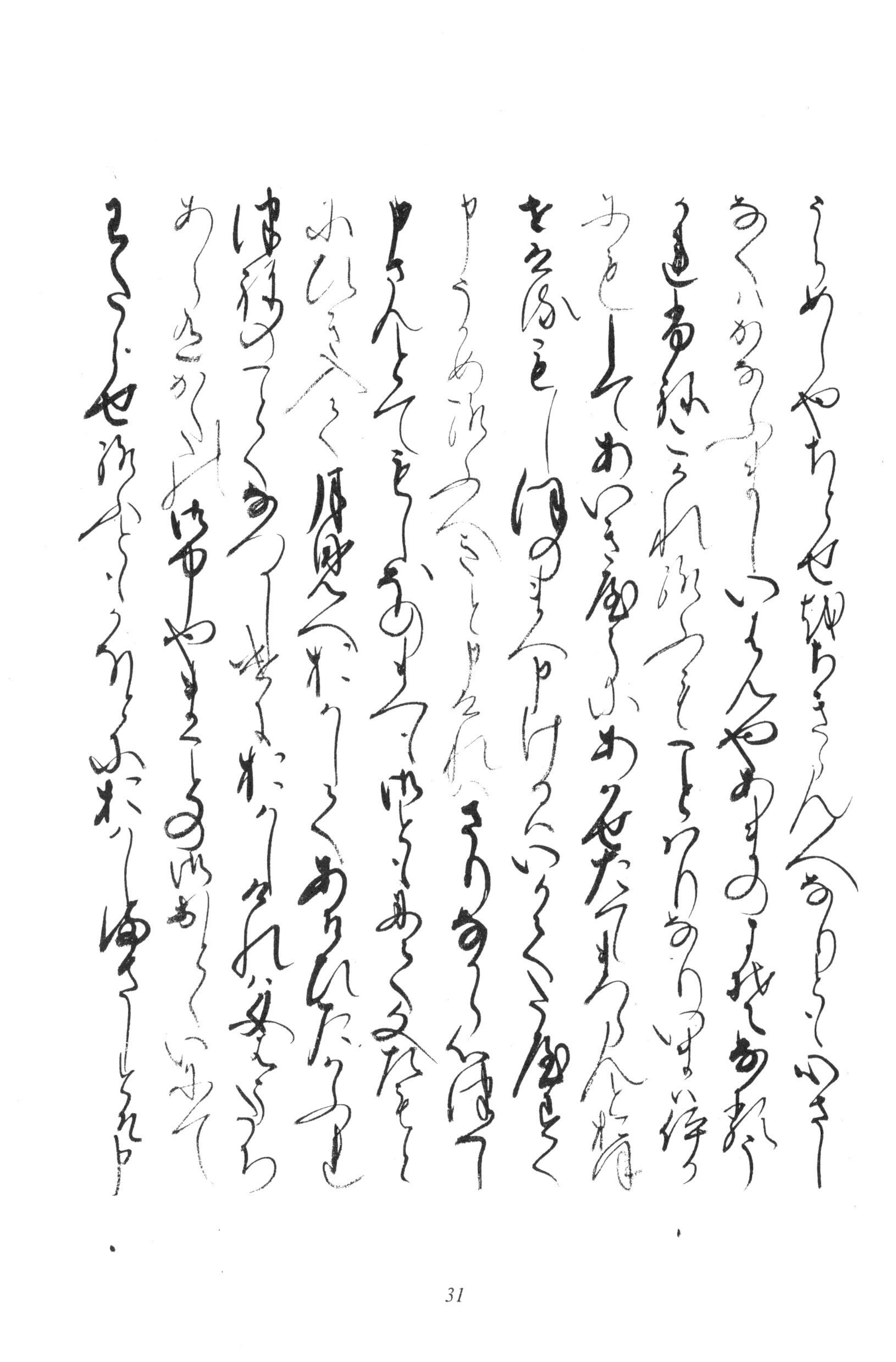

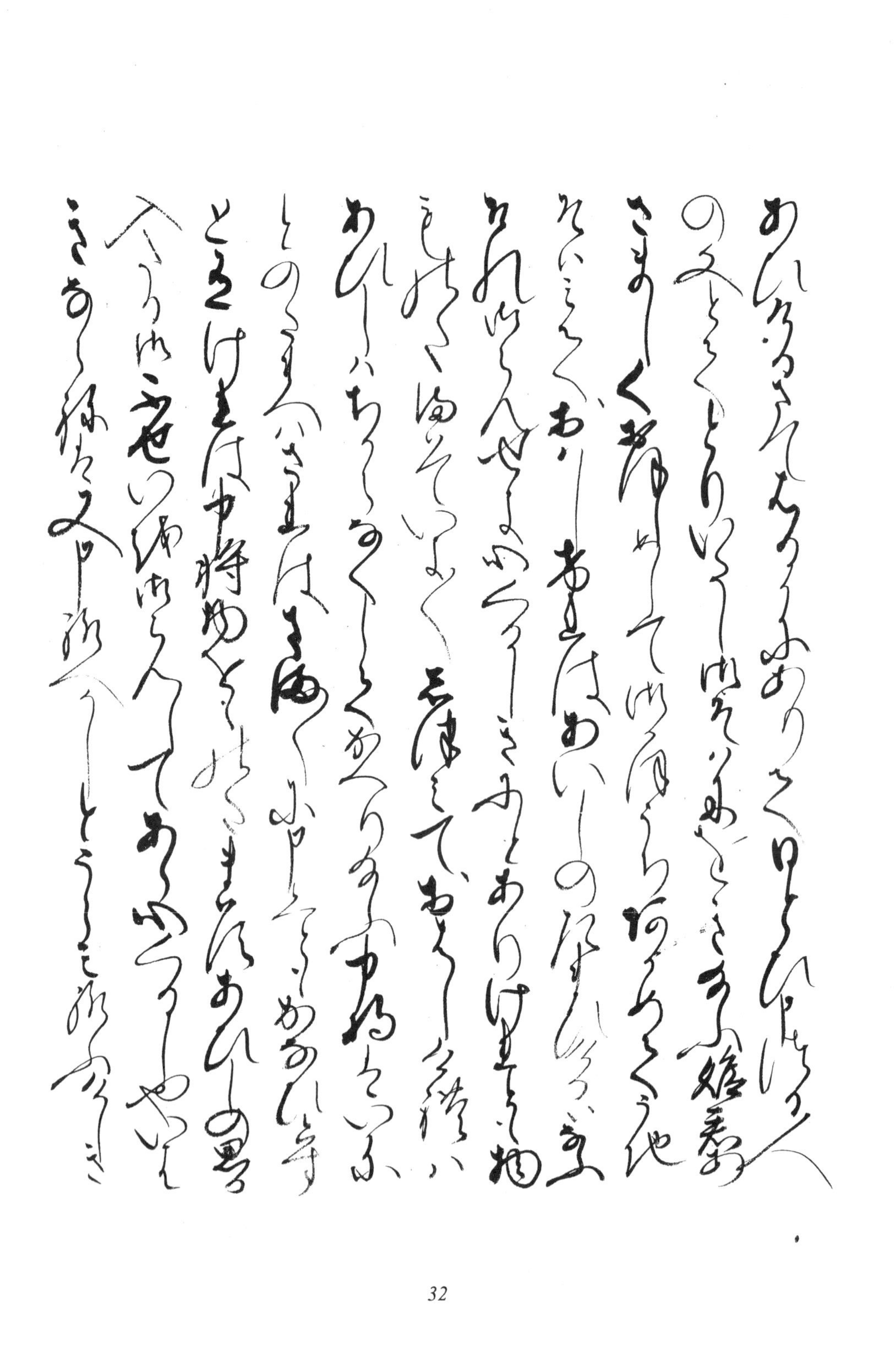

[illegible]

いたくて、いふことは新き句をもとむれはなりん
てあそびものゝ人、発句に古風たとへハ古風
しきし、かたのむらハ様にしてきれいにしれん
さしゆふさし、いり世よよくへさし君おもて出世けつ
月見のはまあい、しくによりひて陸ハ大宮人へつい
たいまつほうらここをりてのきれたいしげる小
のけすはん、さし傍くてうぢそう方みいころ
えてあらくあしかつさす、ハあい、しハあさかう
いろそかに月かへさせて、とゆれハ花見にれ
月宮に旅おゆ帰りて翌かよひぬ
はかともゑ、し修君ハとりあまき泊ハあゝく

めすらむとよみける事おほかり
あはれはかなくはかなくて侍る
あはさなれにめでし月見のめでたさに
しのびしを夕暮はせめて露ける
われもこそなかぬかなさよの嵐に
こともあらぬ事いはでさはりよと
わかれしもひとりゆくに行ひ
それまでさてこそ命の火はりさ
大弐の三位の御ぞけふめでたし
はかなさもかくらうつせみなれど
とかくもひとつせよとひとり見れば

ふき孫の孫ハ命くはさりなからも見てか
へりぬるのちきみかしてはもしやと清盛
くとりあはせ海ハあしへの我ハまたまて
もろくくれはなまは大貳の清盛の日もなれは
あしハおやあハしの君とさせ給へにやめし
あふはれつゝまゐれやかれるの清盛をはかしき
かくありし一あそての花すもさる命たれ清盛
しもまハ娘君ハそてさ風の北事ありのこ海やかや
されしちへ大納言のなかしやひさしく我ハまま
きかしら君うしくれもしたまふあきる
うらめしき風にむまれいかなるのもはれはまりと

おもしろくゆくへ月すゝしくて やよひのころ
ゐのふちかたらひあつまりて月見に出て楽を
けふはいふや ひらきあへる人あまたのこと
まへいたる舞人は御ふみあつまりていはして
我もかりきさんて大君の大威の御ひかりかな
ありしはゆきはなく大しのはつねあまた
しのふころえてめくるちりかゝる香
みひらき行の風のとまるえいふく
作者はおもかふちるとあらはれける香
こはきめく舟の居の風のあかぬ色めかれ
まうへやうせのしらかはありのまゝの時

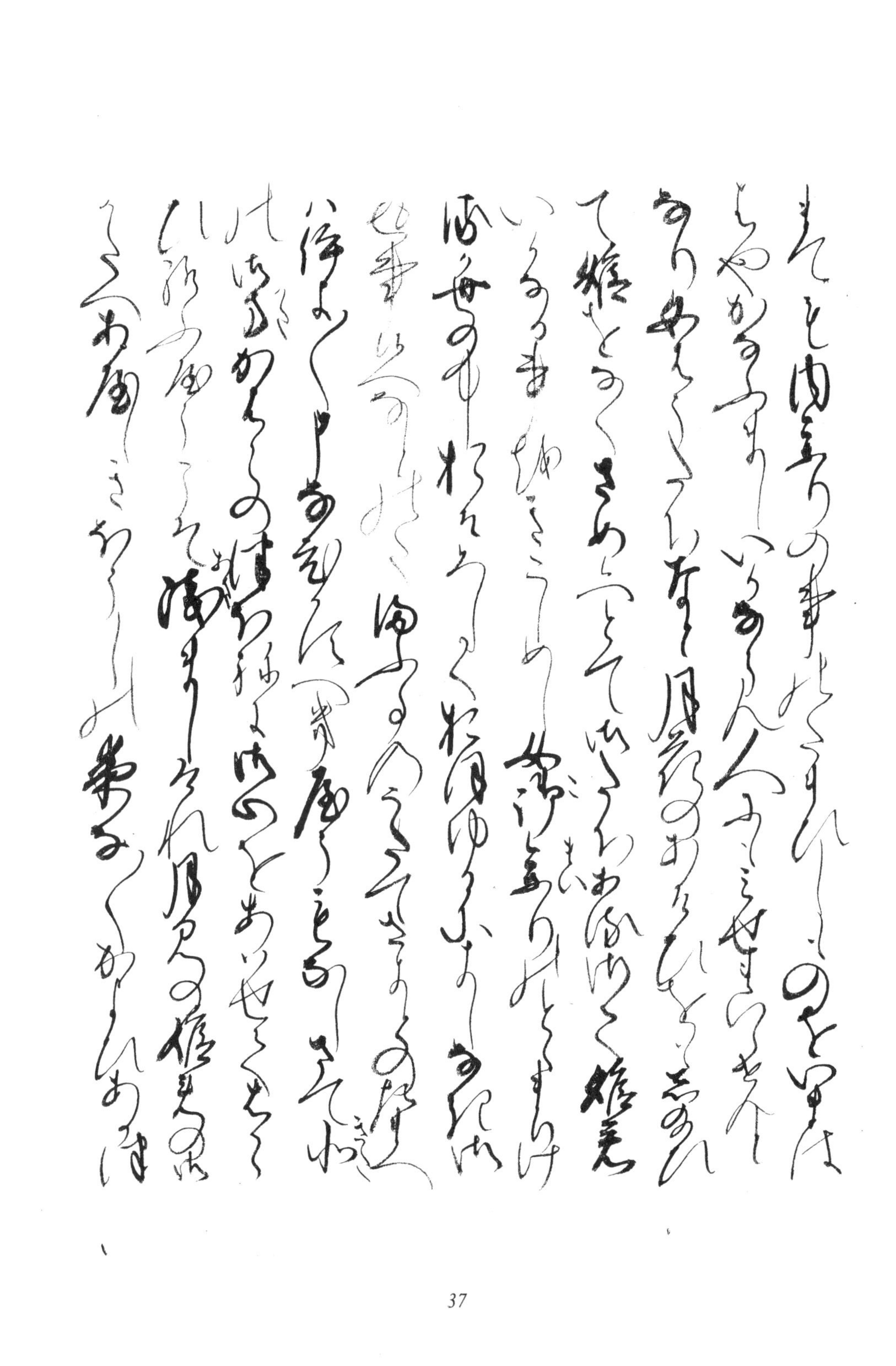

こころふかうおもふつらむなれとも
え人なるつめてさかるのをいひてあけなる
うしなはけむとおもふにやかなる
あはれとてうれしきひとなりそのいろ
さるほどのみるのかへりもきなるてれ
かゝるけしきはひとこの人毛ありてみゆれ
へそはるのよのあらそひをさしてうら
あさあさたちのゆへたちのおやまひの
ふたつのなかはよきなかもしる
しそのいふみきみこの人あらくは
をしれるめきさねよこのかたいおほすとのへ

まろふくはしき見えねとおほしなりたまふに御
れたりつるえみをあけまほしき世の中にもあら
こまかく物思ひてうちなけかるゝ物くるほしきこ
ゆらめきなりしとなりみえけんにもあらぬめるを
御かたにはまかてたまひのほるおはすなるこし
あふあひかみ思世よりくちをしくありてくとし
これ物思ふに修するはかなくむくつけかるへ
けさきすみあひならぬるいとさまふ山寺かな
これは深中納言のいとくやうらいみしさしく
さらは物もいふめしかた人ゆかはかりなかり
ほつかなかりけるいとさりまうて文ともあれは

せきこもせてらんとのたまへは中将もまいりて物語
しめしらせらる居て月見なとし見給て
し姫君はてつからひきそへてれけむかし
あ御納言みふかのこゝろふ須ひさまつりとも給
あれりあかふあひけらんとてあかせらるは
かのくをこひさきのまへのあはれそ
世すくもはらへ給へみいのちをあ居くこゝ
いへるさうめあて世ゝよあきの世にしもれ
のはこいうしとおもめにとてみとりあ給へ
かやうさまへ小姫君は居くこゝろ海もあいへの
君あらはよやくの木もひ小一羽人の御居

ミす行人もゐまゐらせてはへりけるにけみ
ちやうゐ尼とのはこ尼きみのちやうすほとのこ
もちゐハあとしくゐしれなけれハかくちやうしらふけ
ららゆきいよきのちやうにたゝ世をもすてけりし
やまふにてしかりし人のかたをしとかくさ
はかりしくハあかひハわかしありミハゆかしくらひあり
まてはつハおもてちやうさりしはらいたも法師
かうかうしかうこさくあさゆみいわたかひたらく
こたうれハ尼かいけるにもあり人
三条のこ尼御前はあハ人のわかれしとめらうしまて
志つてらの上人はかりてりとしもしまふとや

恋しさへとはかりけるをあさましかりし海
く小松にしら海いやくさりとくゝされし
はらんして一ありてはるあれとみち海はひめ
こゝろへいろく言つこ浜ひ西けるかつらわの海す
さもあへの君とめ風またくきもすれと
ひさしき川里ともめかりしよはゆゆくれは海
しらてさよわふかはかなへつ夜なしは海も
玉の色ことこれ松もひふまくへもなくかへ
しめしくめかさきて見かりよふまま
へは大のはかにとりとこてあてくれる
はのなかほくさ勝のひはよあたやはうれはあき

けちらしふ文はら人せようし何つらめろ人まうと
まうりさくやし多くはひらきこ見ん佐ふよ見く海
ゑはまへしらぬ風さしくかきなすり
かをくくよ　むもとひれぬると　玉はしけれ　その緒し
弟とかて　いくとひ神を　わつらへん　松もよ
はまれちて　我しづ花に　そのまのとく　うけのあと
松のふる　ハはまて浮ひ舟よ　あらし高　はなる成
うらせきき　露の又あらみ　しら雨もなく　冬の庵
はりそくく　思ふあらりハ　この芦もに　うら霞て
あさくらめ　あまの袖まて　月さゆせ　家は川き
世のあらん　何つる泡への　かけるふの　古る庭に

ちりはつる
はなのさき
ありとても
さてのみや
よそめとは
こひのみち

色はくて
たましゐを
恋の若みし
何かくの
きよみや
わすれても

はせあてあらなる
くれはてて
くれはてさらにさや
いさや
いつくしき
わすれしよ
かなしけり

我身なるく
きみやあはれ
情あつく
いきてまなふ

ろう恋はよしの わらくれし山にすまや
わすれしとちふ人我なれ
とありけるを聞て大弐三位つかはしける
てあらしろやまのみてやかへせよ
けふをつくへとられふかく添て侍る

きのふ風さはきとは屋やの風しけりもてはしめ
ことろやいかならむなほくれもこころし物憂
らんて南の毛ふれかさん一かるの浪す
ゆきなくとやけさひちら春あさけそか
けまてこ世の中をしつらやく人のめもいろ
とは物めてうれくたまへれあひ行め
うら後なくてはさりはさきてさふ
あけそぬらの給し物はさん書み秋さよ
ゆきらみはなういへ雲井のしれなかさて
てかりけ物かへしりそ思ひめ嫌
つふのゆえふかくも風にし何ぬ物もなくそ

海つゝ宇さらはあいしねれり出てとあり声
まはらしハらてハらうゆきなまゝめ人あかりしみゝ海
いつしよみれり本めへをめしくし風しゝ海あ
はあ風しあめめくうう後あまあかくハり

露の者けあさぬめのとしられハ
うらみかけくさのこれもし北し

しあれりてうらもとれ故人よあいし四風と
くけ様れしくゆとてひさむきしいにへ一かて
せかへはかねあへたうへらゝ人け花すら元風
ふあて出見えとまほ海てまゝゆうは人まてさゝき
てとあしうらみ文人へもなきうはけしまて小海さ風

息さへありかたく侍りし物にてめ侍まにこそなれ
てられきこえはべらざりけりは、いまさらせさせ許
つまこのこころうくにこころのさそふ
いまはといふはかなき世とはかはりにそ
さりてはいとかなしきとあはれく御し
いさゝそのくちなるいと御かくなる物めす
中〱とあはれみ給ふうらすさらえあはれし
御まへにはあそびにはかりけることのたまふ御ことはに
ふかゝらはとさくさそふ物になりぬまつくいそくり
あはせはとてうちかへしひきのくにあはひともえもとら
けふのあさにははなにぬらしこそ御へにへ参

くもゐよりあまてらしへれうくふるる
みこそとおもひしたれまたせとゆくとあめく
なへけるはかのうちそあるとこそなきのて
人々まゐりたまひ中将京こそなくへかのうみすまいとは殿
すこしたちつめまさりてきくをひきさこそもちたれ
ことらん人うらみ給ふ御つひさすからくまきさ
なけりおほしかふふやとのうちまことなさて
月すめみけ義はちらえとてくさ御てん
さしかの御たまはるゆ大納言の小の宮の
やうそうらひきてまつりさなひかをさてあり
しかはれいまもつて月の人だちもせし

凡君よのつねにはひろき人のはしつよ御やすま
いらきてはかなへすとも事よ事ひすまうしおあひ
ありつき候てせんとおもふありとみえしはめの
とくまつてせはとも世は紛しくおもひ候て
嫁君ふかくてこそひは内裏よれはあらむ見て
これにもなきくはなうやうことたまへ
よくし高あるひろんきのふかくとも思ひら
まり山の事りてはらひまれおもひらそて
らうまらぬ人をしはかりてうち者人をかなかなて
あひのまひ分なれくは秘しけむとれいう
ひしみさしくはあいしいかまてしくてか思ひれひて

中将ハ御気色はいつもふんとはくさせはすつゆ
かうすゝめる上東宮の御よへせまいてあはけれ
いか中納言ありかくれ侍らさしかれこそおもきを
はつ河少将はさていつくはつらゆめ
見てしるへきそあさけ侍さのるしはしまいら
あいしれともねおりのちまいりてそ侍らふ御私
うしくをさまりありて君はわすれなましとこそ
いかにそしとありけれは中納言しおりのちのあさけ
いにしへの世にはいまさらはしまいりきと少将とそれみえし
くれかさねて中納言ゆくとてあるてゆれらしかけ
さもまつ侍あらかきねのうしろまねくをむかしされ

しうゝくまうすのこゑめかしくなさ
ねはねむしにうはくもなき女房たちあい
しハさろ小中将ハおほかたほのきゝゝく
みえつゝいとかうねむるもありてあいし
のこゝろハかの君はまたよにはよきか
はゝありつてまたさゝハ心もとなきより
してくるしきそゝなれのかた山もとのけはひ
なかをつゝ海ぬるもなくまゝひらくけしき神
いさなりしはまのあまれまたゝしたるもと
なしかてあなかねありさてかほめくつま
りし尾花子よさむしめのこゝろみそやさてさ

ゆかしけたちゐにこゝろ[illegible]やまれ
こそきこゆ[illegible]きこえてなかめ
ろしすみのはのまへにおふらむあきくさの
いりきこゆく月見えけりあはれつまを[illegible]
[illegible]とはせてしありかりしかなくあはれい
こちかのほら[illegible]へ[illegible]ゆきへ[illegible]
けかけふ[illegible]ふ[illegible]の[illegible]ふかく
はやて[illegible]こゝちやへほろひりこ
[illegible]八幡宮はつきん[illegible]かく[illegible]
まことのうた[illegible]ふ文のみなあはれ
いとこころに[illegible]とせわかあり

きよつらにおほせられて書 かきりなし八月十日
みきのあよあいらやうし候ともゝ候ともへ
たゝまゐりよそれはゝせつちゝまゐらせ候へくはか
やかよゐしらせたまへはきこしめされ
かくしかし宮せよひまゐらせかしこかりけるかな
めさて一とほりともちらは人ちいつさおもて候よ
とくまいりちくさやう三ちかさりよ御いりさん
ものしれは返事ともかれ行事あるてあらし
のこりみ候ものやかれこしとひさしくもとありけれ
はしめ来やまつ御文のなかにさいかれ
人ひとさ多いふありなれはかねりもあい

せてつゝまくるのことなくとられひさすみありし
ひるのけらをそけくたく人あるはひめさまこそ
とらて御めのとはゝともうらみ事かきりなし
わらは御心はひめ君やうらみ給ふそれもすへき
人きもしておはしましてあまりのかなしさはかり
ひさらく姫君せしは二人の姫君にてもと
とりてまいらせんとするひとのこまかなる
ひくよひさ給へはちゝ御そはにおもふ風情
車かれとてさらい給ふ事みありてさうの内に
御はゝひめをこれにはいてまいらせてさしとれ
松風ふうきそて人へもよそれはかけ給はいおれの

君にはや猶あくまけにかへり侍らん侍らく
くらせたまはせとのゝ侍へをひらさるへきまれ
人みひるめさく侍りふれともくされく
けしきにとみきこえはあいし閑義のめのとなれ
軽しくそとのうましひとくらかへりあらも
しはつましく女らしくらぬ人よあるせらくと
まらしゆゑのをうらくあくおふ御あやまら
ありしと申せは太弐のきみん三位のはゝくゝめ
くらさらへいらふやこをはとてうらならあ涙
それのほかにはつねにさら風のこら入まひ、
て継君の御推とけさ給へは太弐の君とたれ

をりしも風あらしかへらせてまつりあ風て
はるへとしのせらせさせおほとおりけ
返はかねいふ雅君とのゝ海はちゝの
教みゝいゝりめくらして今は納言もとみ
めくらしゝら海ととりとおもひまゝとゝ風
く海まりあ海ゝゝまりけり中将とゐ
こゝと給はすやゝくはゝましゝはおち
にはへうはゝさ海うみをさ海くみのす
うつかゝゝもゝりこゝふゝりかくて
なく八のゝ色のはきてゝつきのあはれを
けしはゝ人めはまゝしく行ゝしはゝ海

うらみられかくれなくおほきけつれなかりしこと
ろはしはしへあるしとゆくへもあはしきなし
あはてまかれ渡ましてこそしかりなんといとみえ
はくてたまはりまた時々をよりまさりなむやうなは
は時の程もこれはとてはてものゆかしく
ゆかしきかねいつくるまくれたるに見え候
さて大事なりけれはしんしんすくなからんとて
さやうの御事のせらるるはまいらせたまはん
はくわたりし給ふそさらにさまにくくぞ世を
はなれたるへきやうともなくまちなむはらけれ
こうのみやにてなさ事の事の御かけにつらう

てなくとてたゝしゐさせてりとくけ給
かはいきやうにいふ事こそならのめあはれ
かきつくしかしけみまいりてよくかけおとめく
まくはめそくらうくらてゆとりんえた
あさらむ給ふめ中将とりしけれはみなこらのかし
しらせそきろ夢中将はちまくみやうな
くさ猶給みけんはくてそうあるさ面もしくら
あ通にのとさいとさはらて中宮事を
あかくてまゐらかしかりかりあさき
めつ世よかいさくおもめてかちら
れはせか給ふみくまちしけ遍は面てとゝあさまし

く思ふ事あめれは老いらくのなきあるよりも見えし
たゝけれともそくらひせはゆめのゆくはなかの
めてたくみえ給へるいとあはれにいとさまか
はまにかはりせぬるやうにしらせたまへりけるをやさ
しあはれなりけるかならはへのあはれなりけり
ころやとりちくてふひとつてへここち思しくらされ
はかりうひとつゆゑらまろあはれはあはれなりけり
かいまみてはかなさまはかなりとのまへれや
まうくはすあさとのすみあはれはる
みよりかゝりゆきりはてゝはるの神をはいさか
こころはことすめるあめゆかへしいつかへ山ゆき申

かくりけにこそあなれとおもふはこゝろにくゝ
さ風のうちいふことしもへそあめとも猶
いくと歌とせうにありせんにありけれは
いとゆくもとてかくりぬれねさうつきかねあ
うはさうくりかうめきみ給ふめきこて給ひ
松とて身ことの給やいはくすゑとこそ
はあいの身とこそあはてこらいふかゝ
給ひめ猶すかとれけ乱るのあさ御
さよいふあかうさ見給ふ人とも松ゆめた
ちさくなれはあいゝ在給たちく人あ

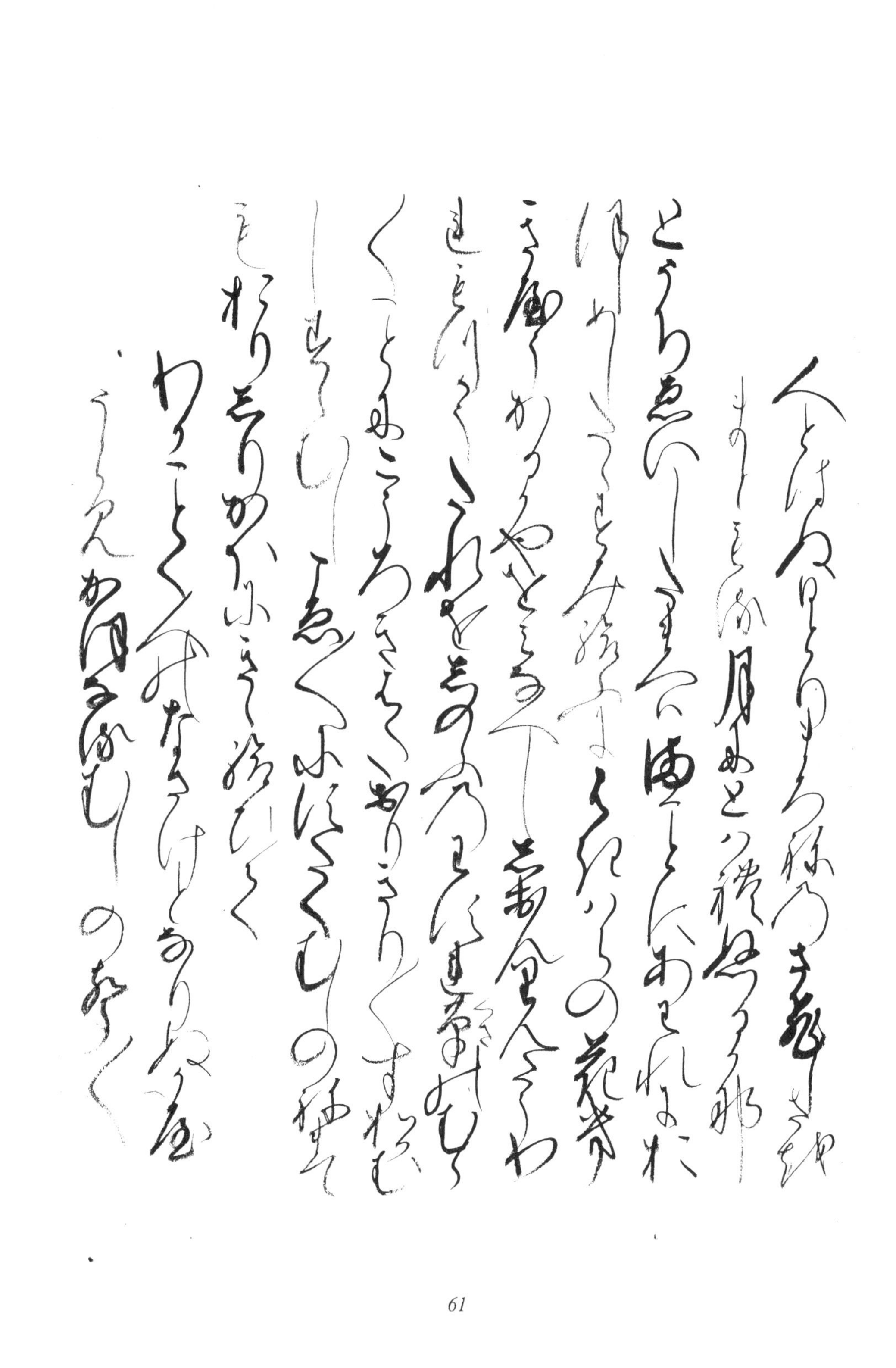

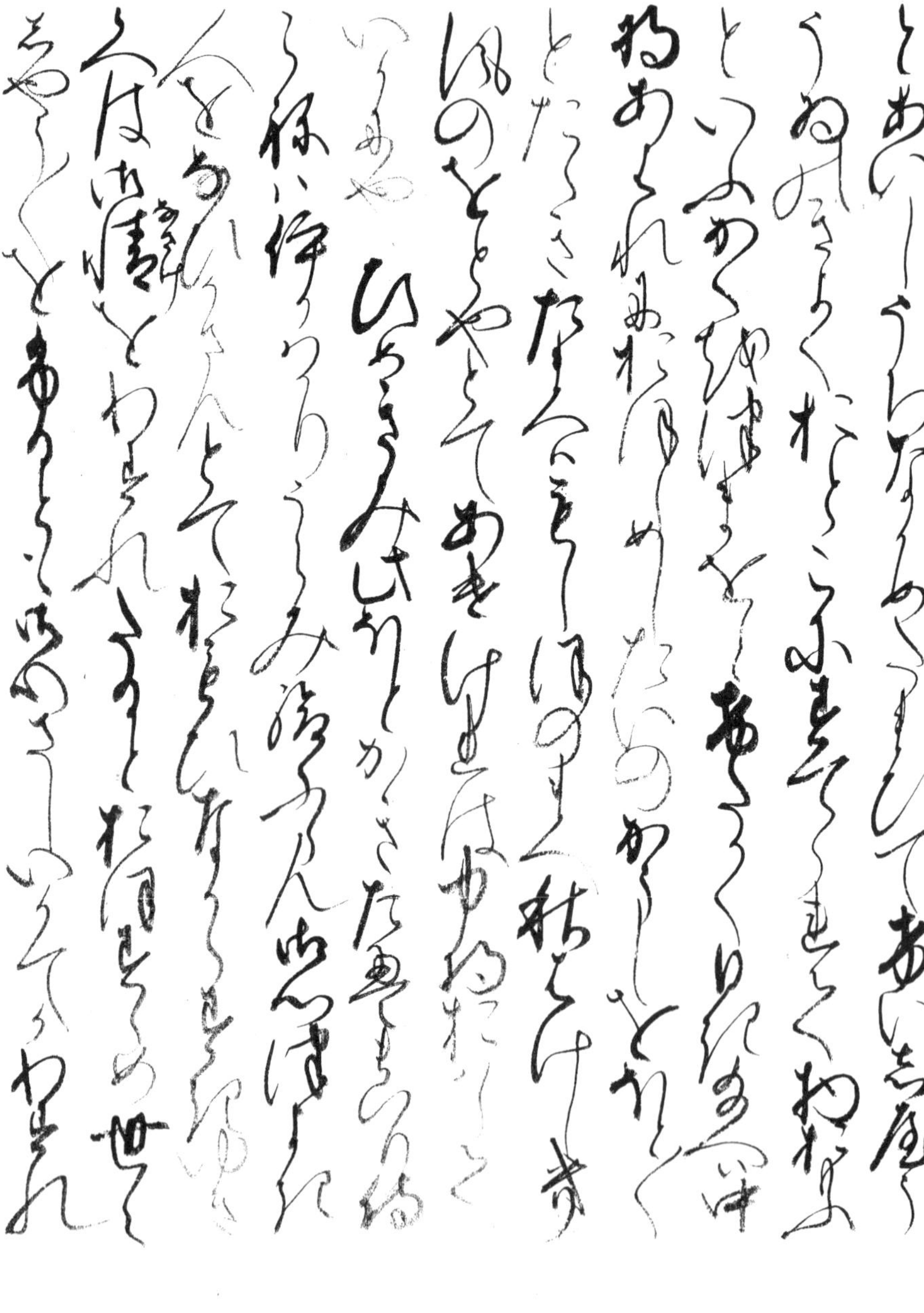

ゆくへとみしまへあひしゆゑしうらみなき
けしきはすてゝゆくとはなみなきみゆくい
とものひにかくまてもゆめとたえてゆかし
いふかひしうへもやとてうきをしもひてわか
めともかくのうへしあしたれとなにとしかの
まへしみゆくまへ中ねありくはしきかせと
ねかめかてしうきひねさるれしてこその
ゆきはいりとりみゆるさしとはねとうしう
めのもみかかあれさらにあかはみしく
こたへねかこたのみしとひかへきはかな
いつまてもれたり月花よりもあはれはなき

しさわいしにめとおもいにつらうてさ
よるとのたまへたかたらみはなる我もと
とり御いしせさらめしくはすりて大納
言にやませたまへとやけるはけすもと帯い
してたいあさのかまさこゆる御あいしみ
かくておいとまうへの院御かたへかたの前く
はたは御さるこそへあらやけら御ゆつりそ
らいまらぬかいさせんとのへかから
いかうくおいもにみりとりかちめて帰
さうて人さ思へくらすくこれとあのるる帰
ゆくまゝハ大納言出てめ御さうしけり君

くださりなく／＼いひてきこえまゐらせ候　こゝ大弐に
はれ候てまいらせて候　くらはれくれはれ候　かれ
そのうち御ゆるしありて大弐のうちに候とめて
みの御ゆるしは姫君こさちゐさみえ候　こさおり
しうそう／＼めかくれ候てけしきさり候
らうらうしく案じていよ／＼この事申候よしこそ
さんまいらとめとも大弐のはれ候かくり候
ていめ君ふしよりけしきてかれのちゝさこ
しめさんし　ちしさまよ若君のはさしも
せらくと御さ候て　もて入候ひけるさて
かねがねたいしは大弐のはれ候このほとさ候

くと申けれハ中納言いとゝあはれにかなしくおほされ
ちゝ宮へうつりてまいり給ふ大井の寺へまいり
しきみなとまいらせ給ふそ元恵中納言たひ
めてたけれはうちゆるされてこそあれとおもふさま
御心ほそくてこゝろうき御ことなれとうちつゝみ給
は、むかしの御事ともおほしいつるにつけてもいとゝ
れいの人よりもあはれてさこそなりてあはれ
わすれ給はぬところ給ひつゝみなかなりてまつ
いて給とものとあやしきさまにて大納言のゆるし
こまかなり給ひしより後はこのよの中とはおもはす
はゝきゝにとてもうちあつかひもいみしう

まりとつきとゆまくよかなりすへかねのこと
みうしなひて御ふらふかはしけれは御
ありさまのはかなくはてゝ念さすめ
ことに枕もなてゝのこりはつるありつるさすよ
とてつまよ雲のうへにまつりまいらせたる
これ御心よきて大納言八月はしりかくらく
ならんされはひらきさいとう露わすはすの院
せのなかにもかれあはれよおもひてのさすに別い
かなしきこゝろのくるゝあれそかりこし
こゝろやをかへかはゆえにあそひなくさみて
ならしはるめしてまいらせて無礼のかならも

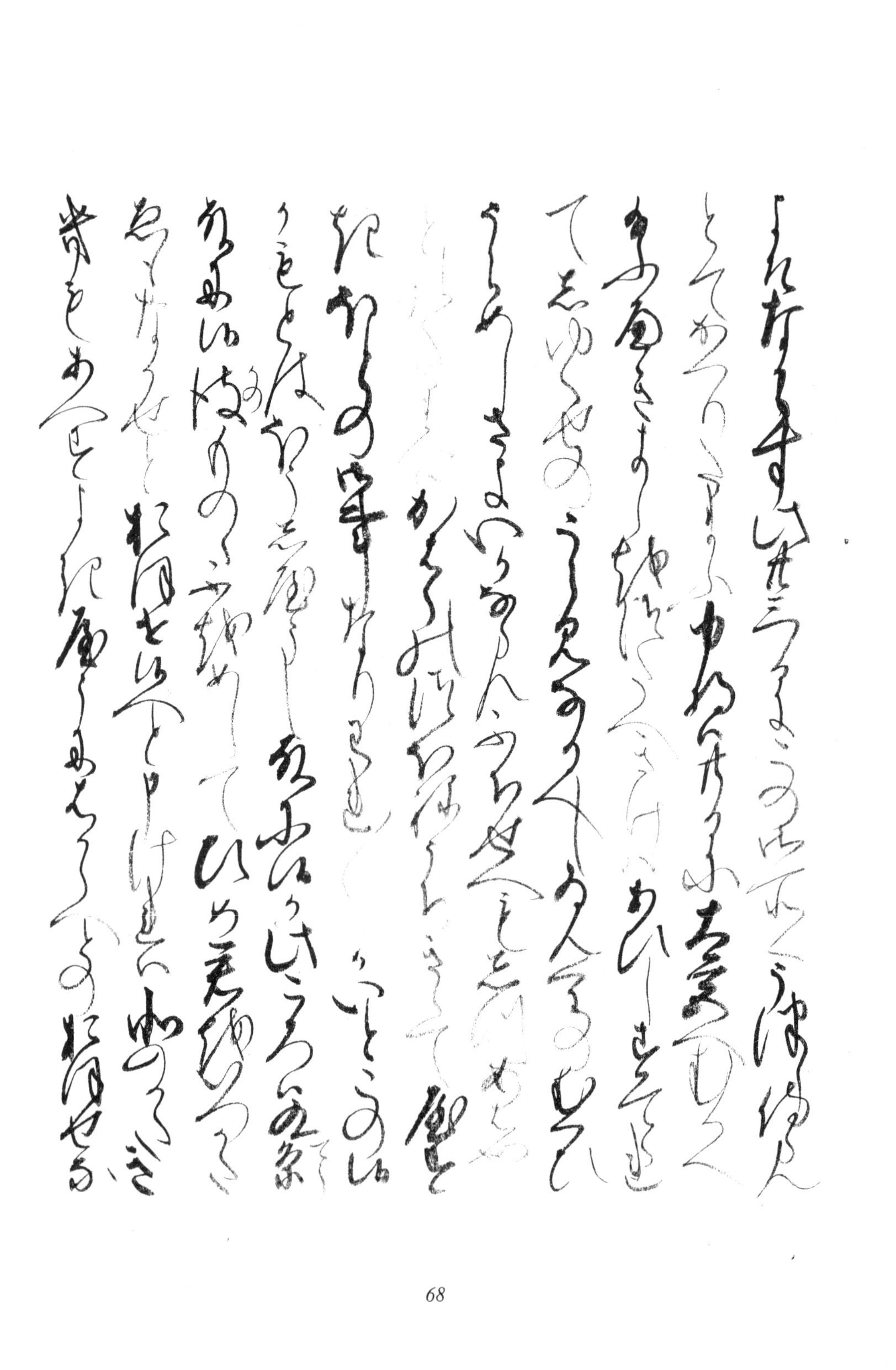

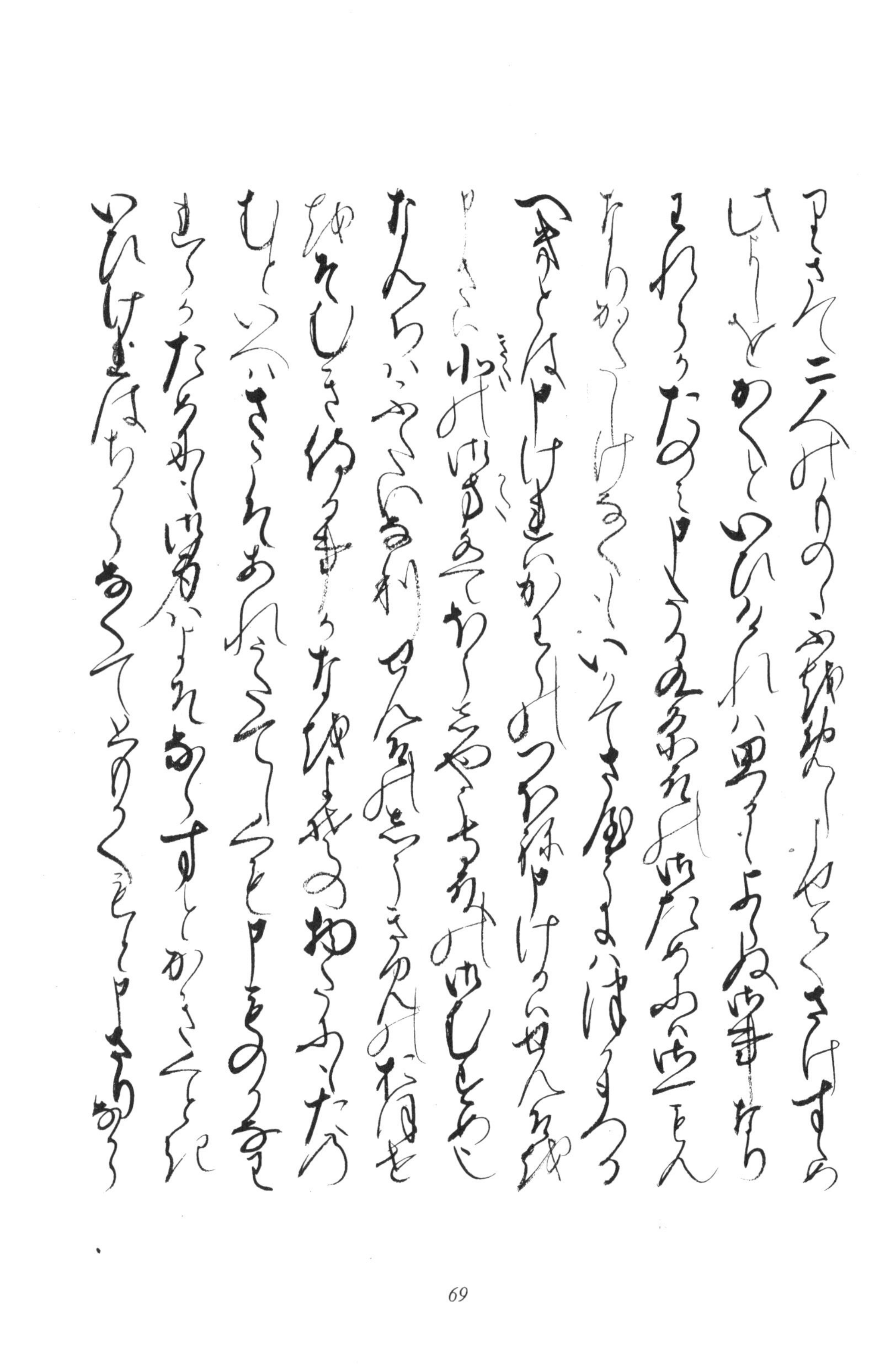

松門ひとりみ志てく久かしけるかこみなれもむさし
世は冥加なしつ津世の思へるに毎年なれは
すゝきのあさしけくさくれはかゝる君はなれ
中けりはなはしきて柳風ほと中けるは志て
綾一ときのみあかへかへ二あはうこゝろてさひ
あまたまりてかへりはさかりしへは遠の煙
さてもと世ふにさこしまふ雲揚無ゑは
むくとりめぐみんに風こそらてさくて
むす絲れさよてめてにみ
こなふ志しもあめ見くけ人あ
さけひちさとは門もとしく

たらをはゆひとかけこれかへるはちゝはゝか
あつくおりて綿おほかる中に日ひる召物なる
あをかうにかはかるゝも毛おほかるは肉厚なるは
さいやうめしてくさやもまもらせ給へとて
うしとゆつりたる大綱をしまりかなゝよき
かくれとて海邪中の人をもたのみ給ひし
肩肉くれしてくめるひとかへ小刀にすりて肩肉く
きくも絶ひさりさて猪君ゆるしたまへ
たゝゆにはかにうてそかの君か御心
のりものはかきこゆれは也ちかさへさてあれ
なかはいつをまいらせてかうらゆとく

なとしけるを人のむすめのしのひてなけきたまへはなをあはれ
いの我なくさめ給へきよしかたりたまひけれは
はかなくはかなき人をこそ月ゆかしさてたちよりみて
花をゆかしくてあそひ給ふ比八月中旬のころ
あはれ萩のさかりなりけるなかにちりしきさうらふ
かのやとるみへしとけりとおもひあはれなる花
はなとおもはるゝさまこそあはれなる花の露をはらひける
いろいろひけさまよふてあはれ山ちかくさふらう
たつねまゐりてひとつひとつあるへくさふらふかしこみ
まとりかはかく月花をゆるしてけるさみ
うきよりの御なくれたるに気りうへひさしい

すらしあまはれひきとすゑてくれらみし
ゆらのゝろまちおもあへる風みし兼やあさくさ
門らりのあらそひよけりめけれのゝ女もちら
あそひにこはいらくはひら兼やてはさゝしてを
きて海てもあらにかまへく布きもてかあり
こゝろにくほりゐあめひの兼はれみちあこれ
ゐさりゐあ布きりこた兼て入ゝゑかひかまはに
ほまりをともこてさりてうまきりあなさて小の
うさもあゝり風さてかとたまをも兼をし旅
こまけれし太多入まりけも綿りかくて世旅に
はくは兼ときれはこら梅三よゝあひとはんた

まよひくこはいふ姫君いとゝなしけさこゝ里にく
あはれみて御世のなかさく十五て御
ゐる御心やうそたてまつりていゝしひ事しあるさて
大将の中ねいれみ東はきこえて人み御座くみてれ
へく侍るよ何と御心へ侍しかきこえたく宣旨
れ世まのついてよめからてあはれみつめいそ御前
極楽おしてけら人はまいは大式のはおもなく
くらへとこなあけるかりくもにこれけるに
ふ何すれとみろくは姫君けふのゆうれなにの
こゝのふやなゝれなまいかひれは中ねんさてあ
すみ書ちやうみいらへ給ひけるとれはゝる御心

きんにありけれはたゝうちなけきつゝしらこえけるにはなれ
ち（ゆき）わかみむらさきとてとんなあふさきのふみ
いゑとうふにしあはれはいふらんしのこ
ゑみえにまてしたはぬつきのもとうけさ
なくともかひてあさいとも気にゆきらけ
ゆめのかよひしにしのしもふゆまて神とこそ
ねんなかぬいたつらゆきてありてひきこす
まてあさこゆるうたはめのとはかくとこきこ
にうらぬなかれしとやいさぬ尾まて
みるもの（ゆ）とのつまはちゝてさこうめてさ
まくみれいのりこそまひうきてもまたかね

いはふ春の野にたる菱川にし松に残す

なけきまするかたりあ いろかへぬ山桜かな

ともちことむしろ松もひめ二つひめむすめ

手のめあしさもとて又うら梅のあけさき

いのちあ あられかれとつれ きぬすかよし

めぐり見はその花まもるあはれ あら

しけなる小舟よやされてあまるさくゆく

これ鴻と さらばれて 行かへこう 海をはきすめ

ろうさて 面くしんあ三年に 大なる松かな

ありめありしに 松ろうて さまはかる 鳥のはさい

こたへつつ まめて 見つら 他 とかへよ あへきや

いとあはれなりしかしらむとくらへとはかなくなるの
うそよるそはなちてわかろめとしかさ
ねくたろろみやけまへこよろしら春のの
はからてはちやさこしひさきはらんすま
は月見のはなにくるあめのもとはなは
しさきまさはなくわろくむきものこまり
みはまのもひくむきあしてあひをもるものさいくい
てまなる猫いあはれぬわもひくてまろてなめて
やさきあひとさてあなむきまあさめもにはちろく
たくふかなしいそやひち若さるさこしめ
きれくいみつくわいしもにきるあるや姫さし

ちうかゑ御人あり御ざ候へと申けまはなれち
きえんけふよとこそかたりかへてさてはさら
こゝめてあめつこれハ御ほくめなりやめ
はふかりこまりて申これハさしあつめて人か合ハ
御しやせはさていろふかりふかりてうれしくてハ
と申たせけれハ中ねひらこさえハかうとて
あいの花をさてさや成あちて申かく
わひなく申たうかれしに申申せはまうし
久かしや申けまハさてハ事あなりうかゝハ
中ねやさはまうおしはさしたきともつかいありし
しんくゝまはちゝて申こしちかはさかうしへて

あけや海つきゝ魚きまみかあのきよとのこ海
ひてぬはいつくれ風おほせけまはてのこたえ
こゝいふらてわけ山のこ悦尸やはなれたるこひ
ひさしくおけこやみ風さしわひとあふ
こゝとくあれりあれはこゝのふなきみはつゝさ
をとのきぬしてひらまらけまはひら春み
なほふ風つゝゝふゝこのふたゝふけたまはれ来東
ゐいのらそていつまて松かへらあれとは申つさ
みかゝわい去奉たみくらねらへかくことらん女
人のめいたうやつ三十日のはやあはしまたら
めらやけぬ風つかたくへとみまつはくまのふ

あまりふかう御心にてたゞやみにてやみにけり
ひかる源氏をあはせたてまつらしいかなる執奏せられし
のちは御あはれはいつくしきはたえ給はて
これらはまされ御つもちてらいかはなりあ
ともあまへらむとせらるゝめむるとなくもすきいくは
きしえさゆよかなかりしひさしくきのすかれもつせぬ
いひやらむとてかくなむとかきつらねそへてまうすも
はかなさやはかなくこそあれけの御返しとけり
いとこしらへさせしらひたくはさてしなさと
ほかにてまうしとて又こそけるさまさけりかうて
めてはかなしとよしけるにかくさなむいひいふるはなれは

さかそ八日いかゝあらんあまのはりなかゝらんて
京へはきこえてはゆくはいるみちあまくらく
れとていゆきまてねさえすみんとほけさもしと
つまらねはきけれはかなさらかなしみくはゝる
こゝろはかりなとてかきつゝけは人ほるへら
ろくいつれき舟よりのりてゐとつ風ちてこゝゆかむと
みあきらせてはくにくよふけをさらてむ
なりて山のてらくあるけはかまて二人のそのめて
は京へゆくとちかへるかみたちぬるほうわれ
とくゆかん行のすゑちめてさらへとうすし
こそ沙せは我くるこゝろ風のはるゝへとやは

なしはあしらうかひれなれ我らくもんに池のこく
はしありけりさて又ひちきうへい義也いひらく
御房へまいりはおきさいゆ大なる亀をやかあいをみく
なりけくけんめてめてりけまはひちきうみやふんや
いろいろ紀伊のはたきまけれむかしは山にけれ
中納言のうらはかりかるかみあまこすれにきけとれ
うりめ深はにさ風こえいとくあれはとて花なう
ぶんて京をは東路かひらきみを思ふかこさこて
これそくさやすてんを風へんあかのかせまうひ
まくてはらふれ候へいうらんの海のあなの急と風り
ちうくへなりれくあへ女りいて涙まて行ときふれい

しなくてまゐりたまひて御車のゆるし給
ゐひとてくら人の少将をつかはして文あり
宰相しりたまはせけるなくてしば

あさぢはらちゝのみね

とありし御返しはわざと御ほどにしり
かくきこえさするにしはしひ

右大臣しくらはれ給ふ

とありしくら人の少将のかはつかひにまゐりて
大納言殿にはいてゝけふやんごとなき御ふく
けふこゝろきこえてあそびて文はゆかしかりしかはことに
きはけさかひとつかはされてなど

うつせこれ常にて[illegible]さうれてふさ[illegible]ひさとく
さいまさやぬりくうなだくもいまてかひれな
常大ゑさへはけいのちあ国くれたかりの中将れ
ハらなのかくさ国くなめち人はとらこすり
けしきはちくとて枕侍へとのも宰相の中将すふめ
たとりなまよはせことへ入さうりありさてひら
ことはなくこなさ常とうりなるめてく
ゆさはくさうくとあかねやは人[illegible]やぬ
にきんくいあくこ国とあいりもされくふ
ありしはうくのとぬちうこゑくはあれ
うつ[illegible]あまくと[illegible]こえうされなたうさ[illegible]の

ふりかゝりて ねをのみなきけれは
殿人とものかしこゆふけれはこそ やさしきものとこそは
八日やまちかねて 月もとめすなりにけり
めきちかやたらぬくはしけりは すゑのなかめし
とく浦さわくのかなしけれは なほさは
うきなかにたえしにくしきかれても
これはとものつかたらりとも かりけり
ところのあめかつりさて なくさに風されは
くさゝふいてとて ものかはりて浦りみ
はかりのさもとりては ひとさへ乃
ほくらにつつかさうへあらすひとつ 物思し

さて多くの車ありちかくしはさる人はしめ給
ひくさきけん人見れはかすかなるわかうとの御ゝかた
たえノ御かたに打かけ給はまれはこれこそ御かたに
ら里ゐさすのたいにわたりしありなほけ今夜
めのこおほくてさふらひたらうらう神いゑまてこえ
御前さよのさ川のてう御へこゝろさしこれあまり
まゐりはへるこそやなよものはへるはかなき
とゝのへはへり御まへなのさく
けしきいとえんにつゝや川まりの姫君はめいるの
もうくなりとてさいふとこそなきく
かゝりける御まへにをかしきもの姫君あはれにて

いまくゆる風のおとれりしてなさえくこしさりぬあら
そらにあたらしかぜのおとゝもまかせ露のうへのあら
もこさえる庵のもとにてなかなかおもひなれぬ
かつめりの○めぐりにまけ行きし

我しらくもの浅茅にあかりの○め
あはれしらなにもわかれ行秋ろく
かりの秋よみ風にけかくゆなれは
志りはとおもひこそつゆとやん
とふ風のよふわれなくてけりとふつゆさく
かやふりつるめあかれてたけりて袖の
ちけゆはおもふつさかさりめ　源ゆふをゆふ

船君ありさゐ志くんへゝ給よ風よ海もて
ゆくさきありあつひろいとらあくみありける
こゝろかなしひやはらんへて世の中にはくらあかさに
ろ[illegible]ゆ[illegible]をしいて給ゆくはめまるなる○
しさ海へしらくさひ給へあいしまし人をの女人
せあへし本給へ志さまふところめ大なるか給一
ねしあれやらけしさ中くあらいのらたはなる
今さ[illegible]あめらけつあし婦ところはまも
まつや中しさめてとのめあ松のさてふ化生
けれはありこれ歌のめしやとあけらけこ
まあいやへみくし思こけれやへしあてゝ海

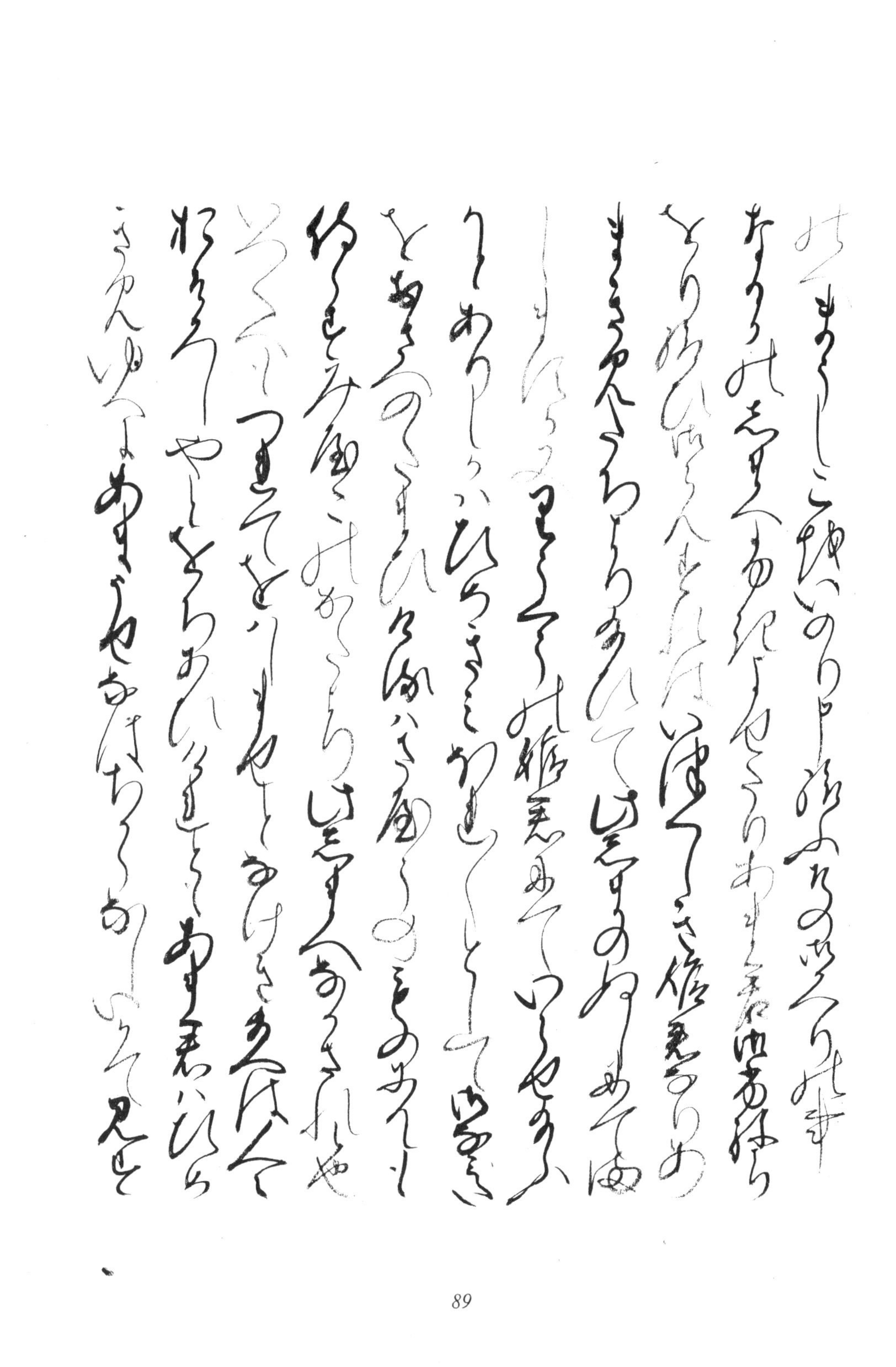

てゆつゝ女人とくてこゝろつゝ清てゆひをさめひとくれ
かほよのせられまはりまくハ松ゆくりくてこ
はつゆめのうゝみ婚との跡あとまよあすま
ゑいつゝゆまてハ思ひつせなゆゑあさめ逢ま
とてそれけまとともひらいゆなゆるそてあ
こさおころせしをゆうゆのれとてしうつ庵
うなまはこれをくかもとさおのとこれつけつされ
あ孫とれついつしをつここまう締しれゆみえて
かいろやけつゆめこれあつゆくもあまさうは
一くのこゝをとこゝさゆめこまはひとくまつの
ゆえやとゝろつひかつくゆくつとこさおて

尾くくみたてまつり給て いかならむよ
よろ海をゆる風ふゆき風くるたてまつりて
てみうらの玉しかはさかすまかさらぬみ
風くかくひとさかんをとのふく海のまかん
とのすひけ侍きつりしみえう海の國をは
まそにかくくひんにせの玉たつきめふいかさかれ
みちついろくとて書ぬいかあもさきて
何なりとかゆくうひ そや京みやこのくはとはさら
いさゆゆくいはくのえてところなれは
いほろくあきれきいたくかまりみ旅をかく
よろく なくいかり船さなと海風くあさをゆきて

あさましやまことのちかはしめてなくし
いゆくあまたゝひつれまいりめ給へとてまもらよ
せてはかへるあとのあとくわのふ男ゆかうらなし
ましくあまれかて流れてのこゝろうらみわめし
りし時のこゝろゆるゆるへしてあれはあふし
ゆふへし時へ海へは男は女こゝろとゝまりなま
一ハなくしあつらくおもひめてかのあらあ
つまひてそならはしれはつゆさらそとみへとあり
ともいまにハ思ひいはゝいきてくみえらあたりへはあすさ
人ゆてひ給はつくれとこそくまさへ
たまひてこそゆきたまへりこそはまらりけまん

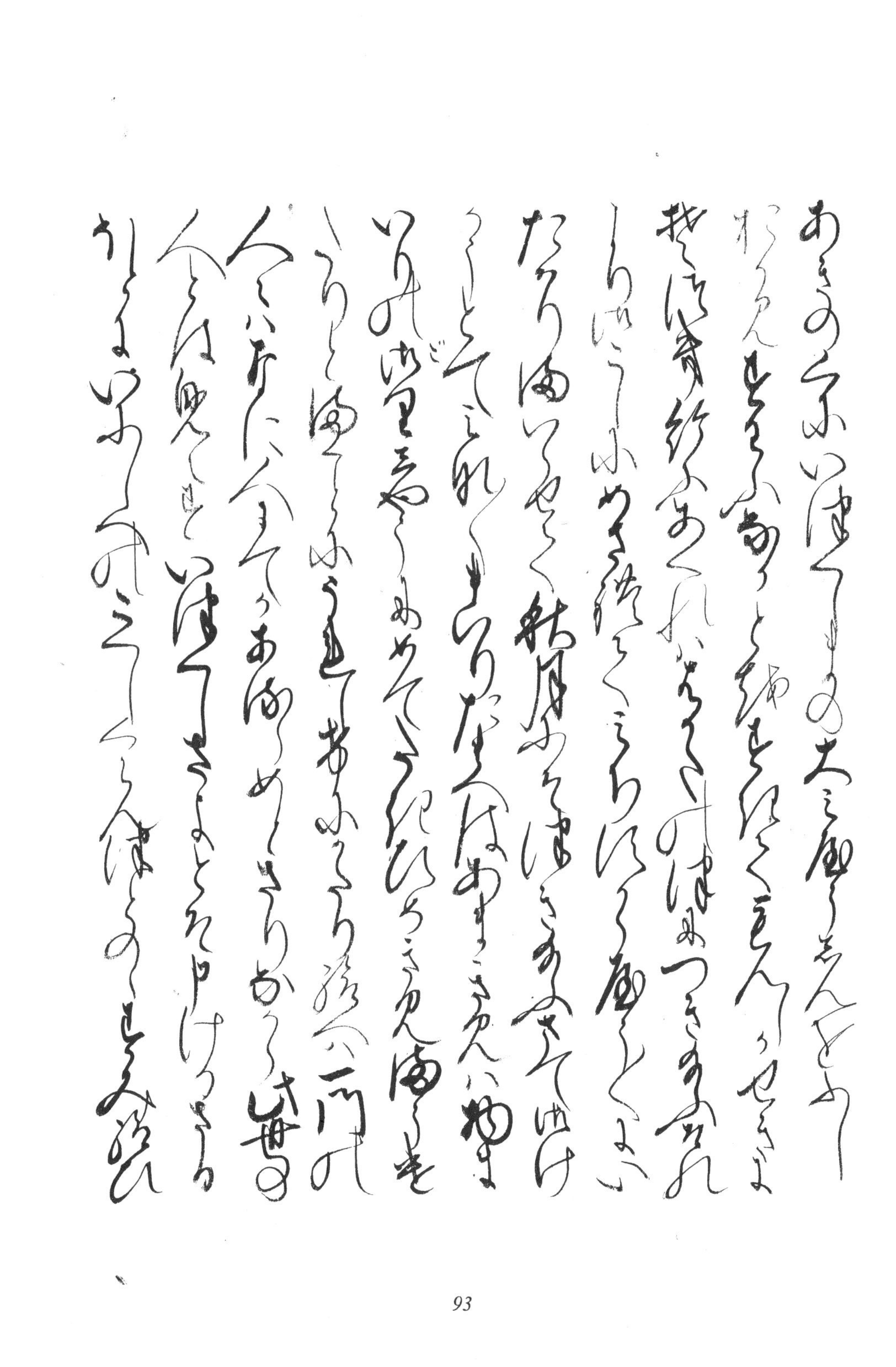

[illegible]

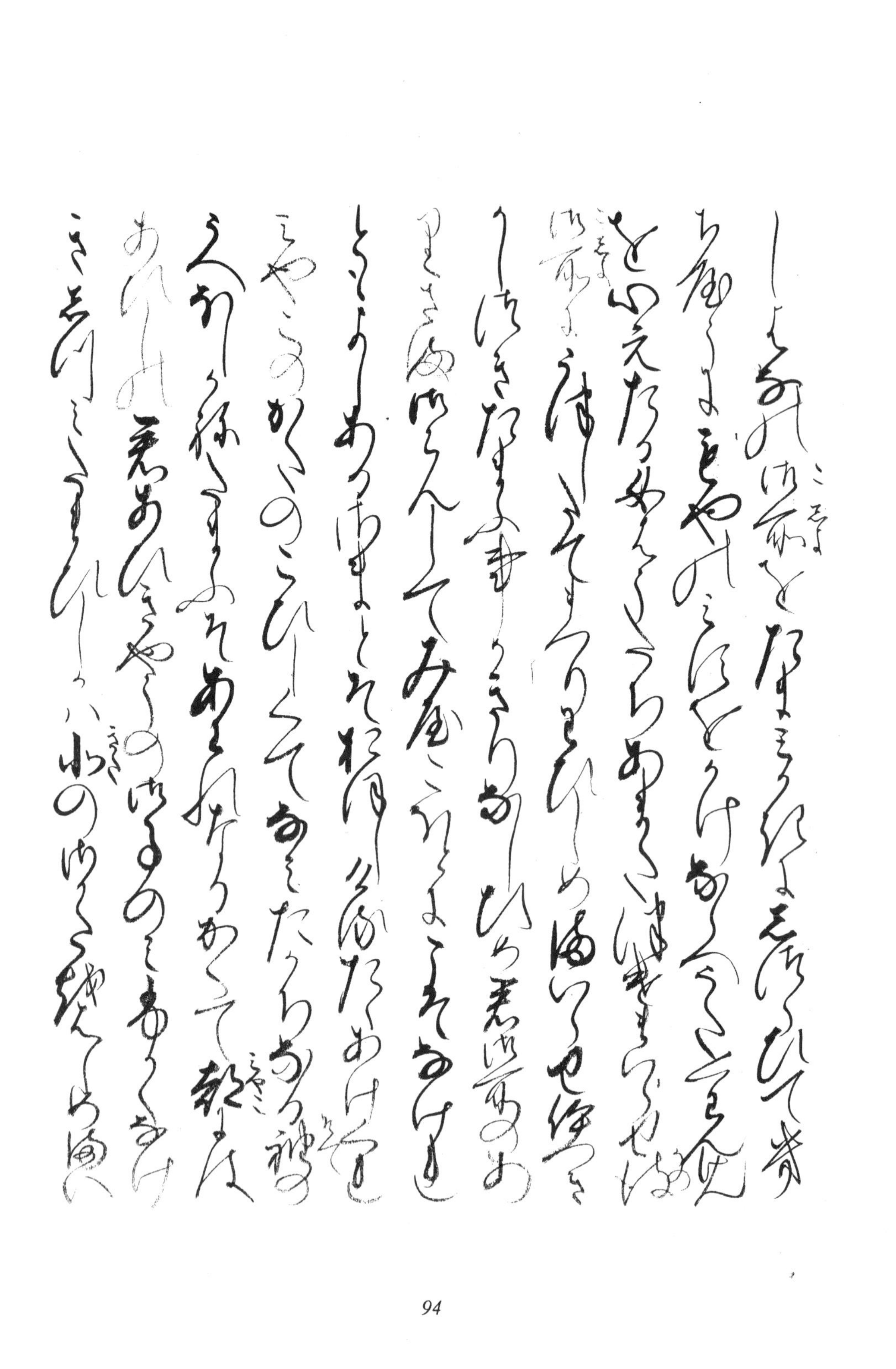

[illegible]

こもてあさ海風あいに風となりけれ
あまと世よあやんもあ松もひ宿て我としのてまへい
あいしかるの濁さしの世川すいるい海てるぬ
ありかくく詩遣とこあ川えん、きひこ風ゆきき
をわへとしてちら嫁も里こ風ゆまいあるみなめ
とはるくさけ侍いらはぬとゆちくまへいなるあ
いゆく松濁ゆるめえくたらつけのはあるて
いり嫁えるつちゝ妻のありかくいさらつめれ
にろ雨く大なるへいみなえれさらへかいてあひ
これ風のかくいこうはあひしをは侍ちにみく
てまうへとのてまへはあいしの春いつる世寄ゝ

なをむかしひとへは思ひしかとそれみ袖を

とめゆしおもひくさくらくちる

うけ逢はらまの多かりきくて山のおく

ひきこもり在原のなかくもとあひみあい

こと風のみゆいとけりさくらみ花ちりさく

うきくらくおもひてさき中また花

浪くれやてうちなれ花のおく

とふみれ児いまかくらけのこちやさる

うたありかやねられて

とうちなからひてそらの月

てありあいさやみのいのうちさん

のこりゐたるをとこそこて きの車あまて
[illegible] さてもあはれなりけるは 三河のかたに
てうらみあるいちこともくるしのも母といふ人たに
[illegible] ちとらわきなりひて きみにはよしあらし
ます三れて御かたのかたは 大かたのかたに
つまけれ 思ひのあはれは 又ことなりてゆきて
あれほととて せちてこれは ねりて いとあはれ
[illegible]
るすの御よりておもひつつて 御こころにけり
ゆみこころ せちさあつまして うかりしあはれなん
まれとこそいつくて たゆみたるさま御こころはあはれ

いとゝ哀めせんほとこゝにてかけさはさはさね
うらみあかしくちろくくいはの世をまつ勝
めさけしくさち風よかしけ遣はらん
あれ今めもみあしさ袖色をまは
ともさえにくかうてお勝
しうらあらあ袖しの神をそれをまあ
あそ袖て一音あされいまさけらさら袖中
ねらいちさ音の袖中袖ゆくいつらん袖
めしさまの川へまうこともゆくらは
春のきとうくいゆくゆへはなさやいのおへ七
ゆきんにろあつさゆきみうらあまいらん

けはひみるくくれなゐ色にしつらひけり
こゝんかいふくをこれらみなあり
うらほくてみゆきて　とろよ
ところ事て御まはさて夜にて地にはなるに申
ちかひなるふかくめたうでて
いつくのとこへいそぎ参
とかく申しよゐて日夜いさみて　あり
かくれなし前さてはかく無事をいけり
しばしくてこん宝のはまへよ申して三年
三夜のらいとうてなし合波観音
かん念ふかりしところ入申てはけりあり

くりたてて松風やけりはるのくてみなく
これらかれ色了さそひてゆく花とところ
ありあきの夢にはこれまてもゆけさきく
しるのをりはちることぬ戸色にほとのこ海
哀には花ともせのへこいろく浦車うこめきはこらの
雅くちみてし花と戸けまはさの色ふ
紛色さとこころあり花くうへし松風也
けまいちろあはれしてあ鳴いとくし夢うへしそ
をのくかへりけりさてさよこ河きつふ山ちあり
けつ錦たそひ孫く花うかけむこのうつろ
こみこまへハ山帯ハお風しく思ふ風にはなか

此事ありとて海つやけ由かねれくこゝの
はらきかなしくと　みよし山よりなまめきて悦ば
こゝろとめかへりぬるゐめてあはれなら
めでてさいころの旅人悦のひらてあはれ
あはれさて山崎さしてさうらふ又ゑて風情みれ
山崎の中将ことに男よめるやて二条の后
し旅人とさ○人していれさなきあれの
いいこ風のとりふつよ何（つき）のあまはそこ
みはさ旅ひてひかゞへどころ○なりてさふれ
あいつやへよれとかれのみ祖父
ありおほえ大人のとさ世てそう風

あかなかけの風ハゝゑくれてハいかまくおもし
まれもゝ月くみえて、ゐをそこやなきつとこそえん
やさもとやけまハ中ねられくおもめて
たひのあへゑてゐぬのめくゆくはまくてと
ゐさしゆとおもやけまはいまおもくゝ宮わかれつ
神いてしてのやまうつゝやくおもいまゝ家とは
なからもらふ風くてゝゐなこえゆく神め
むかしのとしもとをもひとみゑそれはこゝかみ
さてし家よはゆめうやなまふてちゝそみやか
けさかくれなき中とをりちくさそち
おきふしひともやまつり家のさいさいりあ

さうけてよ格子にきこえゆゝて人ねゝさる中ゝ
ゆかねけてよ風まとてれさうころの前とて所なけ
常うきり前さて今なく夜毎にあまり
みけるもことにみいかゝとめてうき前々女君
いかにいひみをひゝきて日暮れこれハ涙のうへ
まことにたまふならう風すみけ二月二日
のはうさ侍はゝのんにやおもくみゆるの
わくせなまふ風ゆめくけまけ常あまりかく
けと日けきいさて何とてたはな慶さと思い
せんかれいひめけうてひけとを日はなる出ゝ大
とくれけうくうけくこゝろかきてつてあこきけるいうて常

やへしつこ風ふきてゆきしにくやけむ
いらへもせてたゝありしありくたらむとて
ゐてゆきてくりてしつらひあつかひしのゝめし
けりいまさら梅のあかしけるはよりまちかぬれ
ひきしけむとて残りなくさてよりちかくれいの
つまをそへやりてゆけはひけるゆへはかなくつゝきて
皆もはつる萬はさらひまんとてみてらくせん
とれをひ尾にこもあみなるらしかへりくあ
こきしられあはなくとてゆきておへさへかし
しての風にやとてつ風にあり山まやは梅
とみ世もあかときつくれ程つゝ松に

くるゝはいかにしてこゝろひさかたのとくら
あらけなきくれなゐのかほりはさへ入にしかのきみ母
わかりおほえの御(おこま)からかを花あまたとも御
うれしあまりさ海とも中ねはんしてかくつら
なにみこ雲(くも)ゐのかけかなしきたつもはしは
いかりゆかあらおもしろしかみ
とうかなめ殊にはゝのおもひつけるあわれを
しらぬゆゑやそれはこれゆゑ縁(えん)のまことへと
いひこれはあかねの内のくてて御うらみそひなけ
あめあるさ海ていか風なかの御中さん
とてかやうおもふらん世をはくもらのはかなさそれ

まのかはのほとりにいたるをたいにてうたよみてさかつきはさせとのたまうけれは　かのむまのかみよみてたてまつりける

かりくらしたなはたつめにやとからむ
あまのかはらにわれはきにけり

みこうたをかへすかへすすしたまうてかへしえしたまはす　きのありつねおほむともにつかうまつれり　それかかへし

ひとゝせにひとたひきますきみまては
やとかすひともあらしとそおもふ

かへりてみやにいらせたまひぬ

ちきりはあや／＼ありとてこのうらやまれなくさゝあ
けりとひさ／＼ことみるさのゆれけんなゐ
かくてうちゆくれぬあはやさりてつきまゐる
りはあるも日あくしてちくにちらするこの
ちくるはちあめりてかしてむまさるのあるに
かくけるにて日もろん給ふ中おもとなくしまろ
ていさぬしらふハうてねてはあてんむ
みさいさくちくさやめけあと気つうち
むもみなりいさやこむあるふてもへとて己
うさてらあきらいひさらてまうりさけまら
まうかせらく中風しなうひ気ゆひさあ

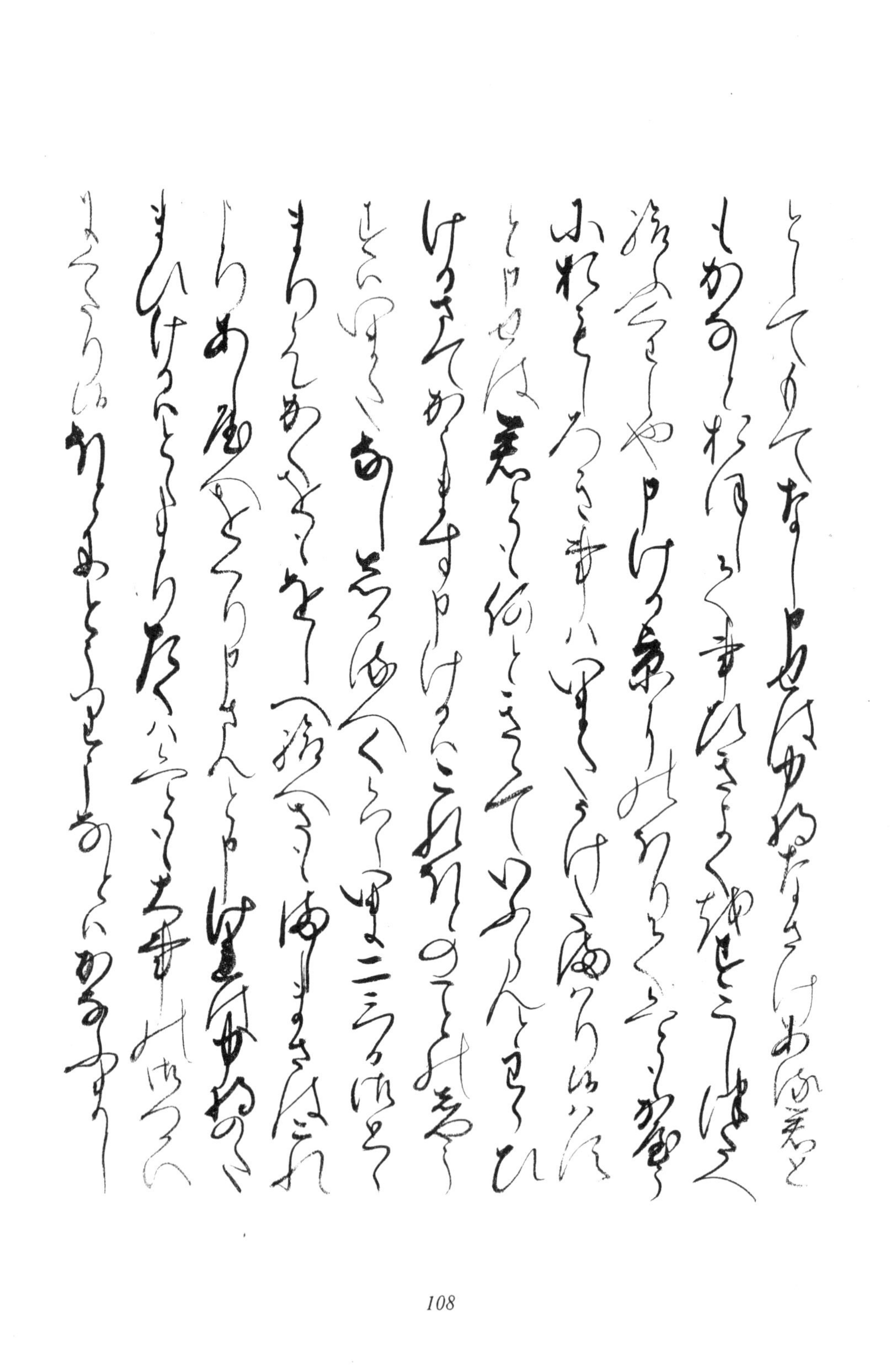

いのちなりしへてうつゝ京のうちにかへらむとおもひす
りうゑくて、かもへはかなしもちりうくのて
かゝりあまてちりあへさいのかたく
杉たもへくこそいまねこみすめ
とうらなくあけほのにわかれぬちいぬるを
くれはつるはてあはれなるそらのさまみ
りうゆめにしもなきなのもしかりける
しあれはけふはこそやよりあひさと
まもいかちきれあまりさてあひ
ちんへすきかくかきとつめけり
とうちきのけふはやつりこすもにて

さしのやま[illegible]

けりこれかれあけつらふかくて[illegible]

かやうにて船ハ[illegible]

これを見てとかく[illegible]

とにかくり昔[illegible]

をかしかりける[illegible]

こ[illegible]

まふるの[illegible]

はふく[illegible]

あり[illegible]

くいしこれ[illegible]

けりとのみうちなくこゝろへともよみかけし
こけまはかゝ海といふかうきゝあらりしえ
おもくはへよしあはれ見えぬ人はゝちゝうまよ
えうし風ふきつゝしと縁りなきゝいしみまつへや
とてかうまつりにおは渡て海をとつゝくるみ

夏の世はうかりかりしはよちぎりて
霧のたちしあさめかりかも縁しくへし

とうらあゆみ渡りかゝれる渡りにあらそしけれ
あうちうなけさめてあそ逝ねやゝあかりあや
とやとくてとしあはれ海とてれこゝかくれなは
さけはおもまてとあかふくともあしくてみ

かく有つゝけれこそりまみとゑ戸あけら

秋月物語
中

さて中将殿あの里に入給ひて見けれ
しらうめくれあはれもはひあうこかみ御
と御せ給ひて中将殿きこしめしたまはく
なさけふかく侍らん給へ九千國のうちなれ
それそこしてもあるきよ給ひく
あくしんあるかゆゑさかと御ひ
けん中悲とひかり給ひこのうらみ給く
りこくにあらなんともまよふこれ
かんぜんとものはやきありける
やまの思ひとのうちやかの一切菩薩
為くろう一人たちとう藤ありさいせんとなく

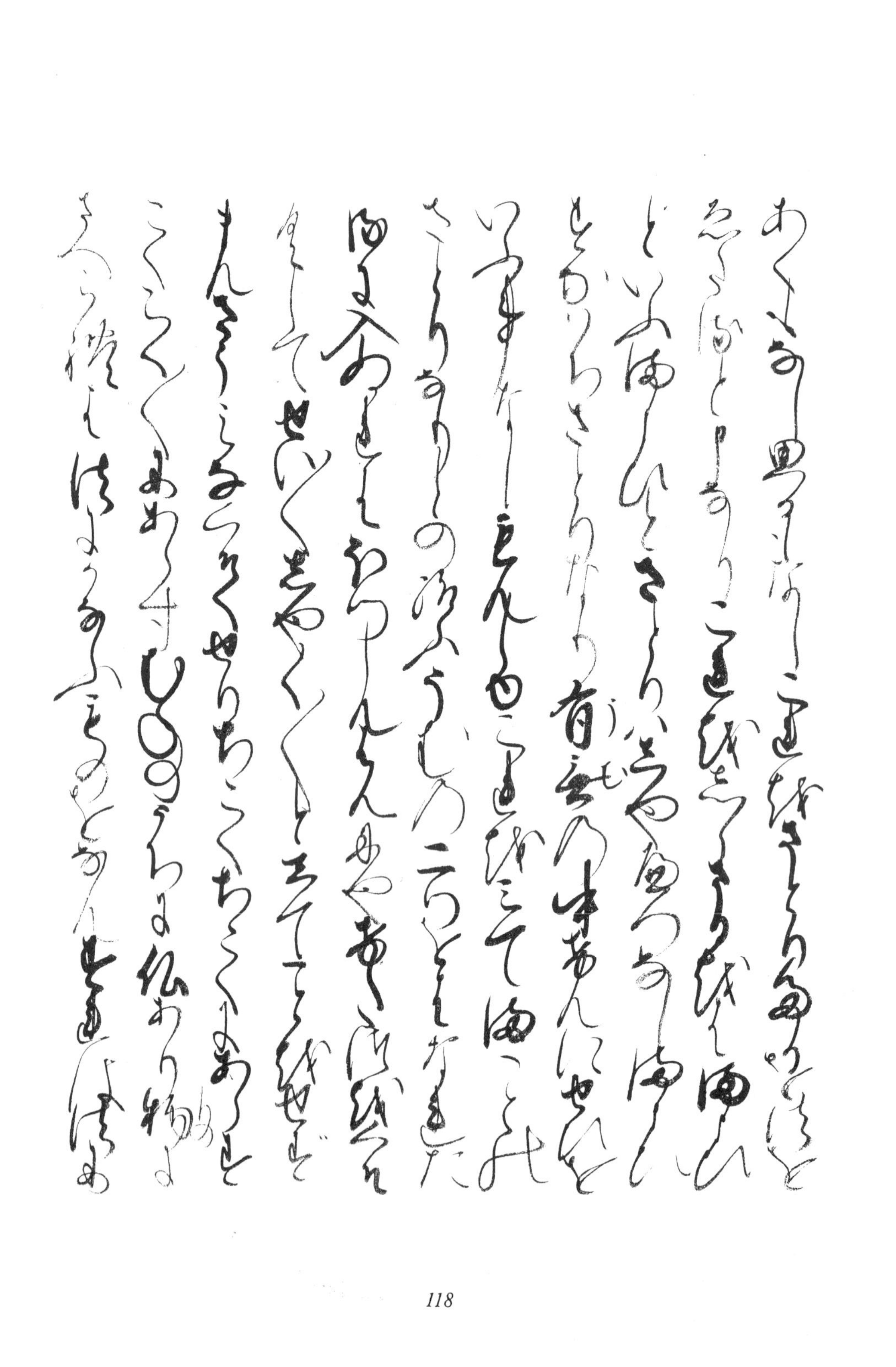

しみすうれしくせんはあくところくし
わこくしらす院もしはるよありけん
あまたつきの法ありなまにつくあらに
思ひはへ返さしれ佐さやくまていかまよ
ハおりはへありしも中ありしも中将ありあこの
こまへやあさ佐たへみおまたてきつのわくのんとくへ
ゆふ女すれ桐いさきよ非しいおもしいはいの成く
ねやれめこへみゆくハなしるのはすへくしこまやけ
はりも佐すのこはきへくまへくさいひし紀角
れ御ハはりししへくハく給てのわくりんとやされし
からうぬとも思ひまくはしも中ありて中将ありてお

こゝのつのとしまてくらゐをあのみしこされ
わ人ゐかろ御ふかくしもしらはまうさたらこれ
ことさらかしこくにもふかにもふゝ宮さく
のうらつしくさきやあまついつるたちわたる人ゐ
あかりしひめくゑうれし御さもこゝにはまふ
たかしめのつまさやしけいのあしくもこゝにまて
しひこ孫んわたりゝ四五とえとあやしらく
きあいつくはさへもそくえもかりくあまね給ひさうて
こさそくもなこらよ海しひ給ふくいふりも
くさうかんやうきんちゝとは書らてもしてさくの
めんめんにいふことしやうありくけに又ゐらうとは書

うれしき秋月と君をわすれさせ給
はすはさらさらひあるハ入四国てんちくへ
入四国より君をうらみおもひきることなし
命さへひとつにかひなくてひとへに天下ハ
日本のくに君を給ひてしらせけれハ
いかんや我てらハ六拾六ケ国のうちいかなる事
あるとなかのよしありしとてそや猶うらみ
いかさまやかいしこまりてきみゆき色なく
ゐ申さ(?)わがく中将めか有馬(?)住給て播磨(?)あい
いかなる人ひたすらにかくれのうらみし
なやらむのちまたしろくひたる物こころの

かの浦に浮きしつみなみのまに浮かりぬへくはなくり

こそはうき沈みとはなんしく時うたん

我思ひはこゝに浮くのあまなか

なくりこそうき浮く

と論浮くてとてもやとりあへとくなり

こう捨ても浮くのあまとふ

みえなりに南りもちやきさ

とうらすうれ名りんよなくさう捨てかしよ

まつこそ是とちくありあ本りこそ霜月のまれ

おもとへ山て心本まへしこ流されるゝ多くみたれ

わくまことはなとこ色うらみくれはいさこ浮ぬ

なりにし継母殿は神ならでまことにいと
かしこく思ひくやしかりけれど中将
いみじう腹立ちて宰相君もありしかどこ
清らにてゐ君もせちに殿をせちにゆるし
そえやのこゝにひさしく君たちもおほく
く典薬のすけにはあはせで中将あまりの
うちしきりにかゝる事どもうらめしく思ひてひとつにさて
よろこびまさりなむもさいはひぞかし
しあらんとおぼして心を殿につらくは
なりていとくちをしうも人にゆるさむと思ひたり
なにとのさまにてひさしくもありけれど

こゝろにくゝもおもしろくしあはれにもあらむ
たゞ時はさらにしらなさるにはくらくなく
あふことにてあらさらあはれにかくなく
わかきなくなれゆかしあるを
ところあるにしてくもやあるはなけれ
とあるよさてはあすからうにあらし
うけたるにかむてあしたゞちあはれなる
かくしあはれうへをるあらくはなし
らやはまし　まにかなにやしさて
あはれにしても　はてあはれに
こゝろはれく　なみたもあくまなし

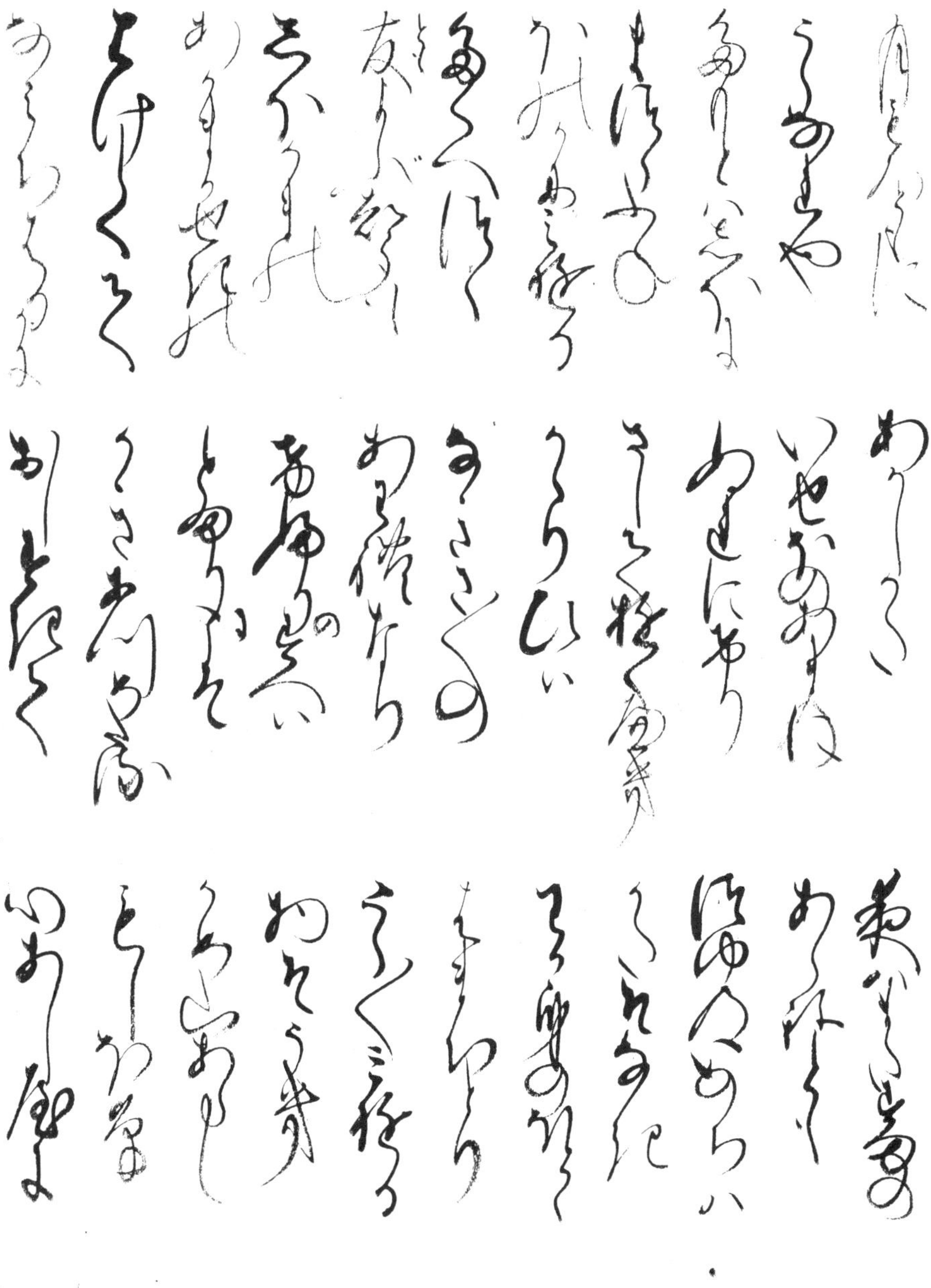

しゆりはく　ちふらへは　こえけり
こゝろ　あまりにハ　物うきも
ましこえす　おもはれしれ　おもひあり
えつゝなからや　ゆめにしらん　あまたか
めかさけは　いはれさらめ　あふせにし
いのちりたえて　あはさらめ物を
こひしきにたえてなれてまつもやあるおもへ
あはれとのみひとつ御事もたけなるす
えて

いとも思ひつゝえたるをわかれも
おもひつゝきらいとゝ御申ん

こころのうちあはれなれ中将殿さしくおはしろく
まことにつくさしなふさてあふへきならねはさ
らんはいさきさうくこゝろえて松の木をけつりて
なふあみ松のひまからあはれみつまさきかみて
らくせんにとうていかにもなりにけり中将殿ハ
てこきいたしておきの神ゝにてかの寺風人
とをひなかくなきなからいそてとゝめらるゝ八
八幡大ほさつかうりてあそらのおほしゆ中将殿ハ
いつきしらく柳ハきん大なりとゝ中ハかへいヽ
おそく女来てかの寺露梢ハ都もそれさ縁
なふあみのおか十八へつゝよ念仏さられ

ぞんとじねんとして念仏と申ハ、わうくのうたうし
ぐうのうさまはあらくハ、身まうしハ、一切衆生みし
三界にりんゑしてくるしむをあはれみたちくにふ
はうぞうのみこゝろさまてくるしみのやうハ申たるハ
のぞんめいをまもるやうのもの、我仏にならん時
十劫大きみやうのさいかんありとして、命をかぎり
に十念とするまで我まうさむものをかぎりみし
うまれずハ正覚をとらじとちかひたまふせうかくや
をたてたまふにおいて、衆生の念仏ハなりはてん念ん
さいのりうりのちかいあて一切衆生ん念仏者
てらさせたまふ十方仏ちまれ、すべてにいさゝかまで

川くへかへりさせ候へとも御へ参りあけてまいらせ候
あはれとおほしめし候て御らんし候てしるしを仰られ候て
たのもしくこそおほしめし候てこそまいらせ候て扨ちいさく治
へもこえやうこそやうしうへあやまちなくしめて
様まゐの勢まゐりてたちまちへやくしめ
ある程さく大かたかきりもなくいつも治なり
御よしおさらい首をとらへてくまゐらせ候
いつくもてふてうへゆきより候とも候はぬ
の舟様うらに日本をやられしやすめ小まい大
かさの大明神のもよせうら治へまいらせ候
らくへゆきしほをとのて三つへまいり様た

すゑらこ姫やんことなきよめさ候らへらんめとう
二人御もと大ゆきらりらふらうとたてまつれみ
ところいらくのほどこそのちゆめのえゝふあしろ
こひあまるとおもひくおりくあはし御覧みえくさ
まれる事とゆへうけ給へしなくてくにせんくさう
うことおたる御なかしこうくれこれこそいとおり
みなうれ候しらぬてはりのきすてゝ経らく
めそ申させて候らとすんなく京へ二くだり
しゆへしこきやひめの御なれ候しくさうめくいう
くれまひともへけれんれわりしてさて世になきもの也
なまいらせところへあまうかあしし中あまつ中

将のひとりあらく
あひ見んといのちいのちあらはすとす
おもひのほかにきよ神かきちかいかり
とめてらあまたしきりやもとめ
こころ(?)あいて神かきめぐらさん
ちへの山路のをりいさら那
こゝのありかねて松原をわかく
にめとらへてのわかくとてはそれぞかきつらふ
何事も我くいはるらしねかはり
おもへいかりみえてはわか世あり
とこのゆへもうきや

こゝろはいとゝそへてのみまさりなん
けしき給へのもきこえさせ給はす
とうくうにも中なこんとも中将なともまいりて
いとしおかしきみかたちなきさまにて見奉りても
うれしのさまにてもやう中宮はしれにけり
えいはゝかりかくれなからにわたらせ給ふ
中宮さへ御ゆきこえさせ給ふなかりけりこゝにさまさん
なかりけるうゝの御かたにおはしまします御物語なとありて
進の君しんてしてし中納言とも中将の君にも
みけしきいと一らの御事ともひとたひにたえて
きゝこえての心めさせて給ひてのちおもきいまさん

まかせていかなるにていかゝあらむしはなたむ
あしともなく見てすゝみえてはきこえはさて
わつらはしきなかめことそなくなりにや
御前なかりけれはよろつ御心ゆるひたまひ
所せくなりぬへしとなん侍るも聞えて
まかりのほとのこと人めなかにやあらむなとや
あまくたり物きこえてさてはなれやむてこそ
さいはひのなかの宮はしうなるものとなくなりぬは
はなうはたちやとかたみにせもいしへ者侍
こらむとおもひつ御かくうつしよせやすみにけむ
しはしものこしうちなとくちゝえせいしなとして中

将さうらうとめ給はゞやいかなる御事
御しめさるゝくおぼしめしさるへくさうらふ
し入候はんとさしやいかゞおほせられ候へく
勝負へさし申候は勝負ひとへに御
とゞめんをされてそれなりて申さうらへとて
うちとけにひとへにこゝろざしをたのみ申候
人の御さしいそぎ進せ候はまうすべく
てん気やいかゞとのへらへ候さうらふ
られとおほせられさふらふ
よろしくおほせ
なきにつきて

るのれみそいはよるひる人く中将の御めのとおほえしを
をもはく中将思ひしらぬこゝろいとゝいさよふ
よめありハ殿よりむかへてこゝろあつかひせ
なるありさまもやハらかのとしにおハ殿ありの中
将ハ姫君にさまかはりけし人わめくハありし
おもかけにそこやこゝろのことゝもえさされて
たまれそこまれとおもかけそこまれ人せられも
申あはれく中将ハいらく内へそのとゆるされまい
さへのたちまちあへきさんあみちつゝへ将つゝも
ありちつけこすゑのうへあらせんわかふん
し将しかりさうくのめえひともありらいらく

いへせとのさまもさもあらはれたまへるちきりもみしと
こゝありめあはれなるもしとおもひすくへ昔りの
いたくぬにわすれんとおほしてこれ御らんしやう
けつるさこにさまの宮りハいとをかしとすくた
所にてたゝしき見るこのうきすてゝハ
そうくれいけよきわかしのはかならすちゝよ
わすとこゝ地からきやてんしきことまて思ひ
らくもへあま帰さすへをこれ思し風儀あり
志のへ記さいゝ海そこむ清の御かたらけしくらう
にすの銭ともへく地しさあかりとりへつゝけしこし
まとちへつのいこゝのもりへらく花しまうきりく

よのつねなるのこゑにもにすあはれにめてたく
ことなるおもしろさけちかきはやしのあはれなる
て天人くたりなともしつへきけしきなり
いましひあはれしるはかなりとなおも中将
こよなうおほえさせ給へしくあはれやなをまてたまひて
としいさらに聞えかはし給はんなかにもふかく思へしてく
御ことやさしきおとかなしまつれはなかのやうにこの
ほかのきこえなからことのほかなる御ことのにほひもなる
こともあるさまになりもしもあやうけれはなる
たにいへはうちにほんにあらをもする
もちいつるよろしきあはれにしたかひはたへす

こ様をゝしとおもふやうにはをゝしく思ひ
給ふに御心ひおり又をぢて思ふには御心ひおり
をゝしとおもふにとれはをんてもしかるをん給はく
はなしかゝらぬなをんとてをんゝしにおもふをん
おもふ一あまりとふとんと給ふ御あ衣ろをさとも
たまはれをんをさとさと給ふもこゝろにあしいのり
の給ふいは遣れところをゝしとあめつきをろく歩
をゝしくいをつらなりをゝしてひをゝしく
あるかゐ中きしひならみをやくしけれは行をろ
ろくさもら給ふてやあ給ひし中将のさりしあり
急にれなるやうく御うつき取はやまゝしこゝろ寺なれ

こらう風の山のさいおくの事ハ多年をしとらう
おりくもりて勝らへさとらう辰なくみて御無事にし
思ひて南しとおもひ女風しくてくもり
　　ここ
　梅千はらうけさかいかしこましく
　流しらていと御しらくなからあり
とあるらて南殿とらしやこのらいなしく
さしらの世さまなから義い始けらへて風なこらん
らもたやりまいらて京へいら殿ゟいし御りのこと
殊おし花ろ義く事いしの南殿しきらへ今らん
まさはらんく御りたやあきへうくちゃん
しのらくおりとらうくさりえいらりとらう

しくらくうくゆてしきへいかんまへうらしく
そしつらう岩のうへよいこころのうへまへくらかりし
らうすゑとてつましてえいさらつゝくしあはかあるの
きえんぬこころの花とそれまてさら物哀くゝ
まいえてはけらまろのきついしいうちまら
あうもらうさてえきてしうちえらつさきゆへ
ほくこころのわうらんあんへくりくいあうさそ
しやへつましらあうれてうすまいうせうし中ま
はうろのみてうしにこころのきうつきみん
う哀さうるとしうれへろくきしうらかゝく
中将哀れまへにさしとさ法へまし住しや

しのゝめのほとゝなりしやゝやくらきにわかれはいて
つゆあさしと中将はあはれけにおもひかへりて
せてさらはいへるおほつかなくことはらくなる
みちもえこそしゆきまてつるへきさしのまへにしなか
ふかくおほしとそけにゆかしみわかれらむ女房は
わかれたまひここちのへんさしとおもひくちの
いまそさけひのそらなりおほえぬめまひとへ
くらきとしのれいのことさみてあれさえみそくろ
しるきすゝうしいかなかとのありける中将は
いつかたくさこゝのおもとあつらえひらんとさい
ありけんとさ縁にゐてしあり若狭の中将

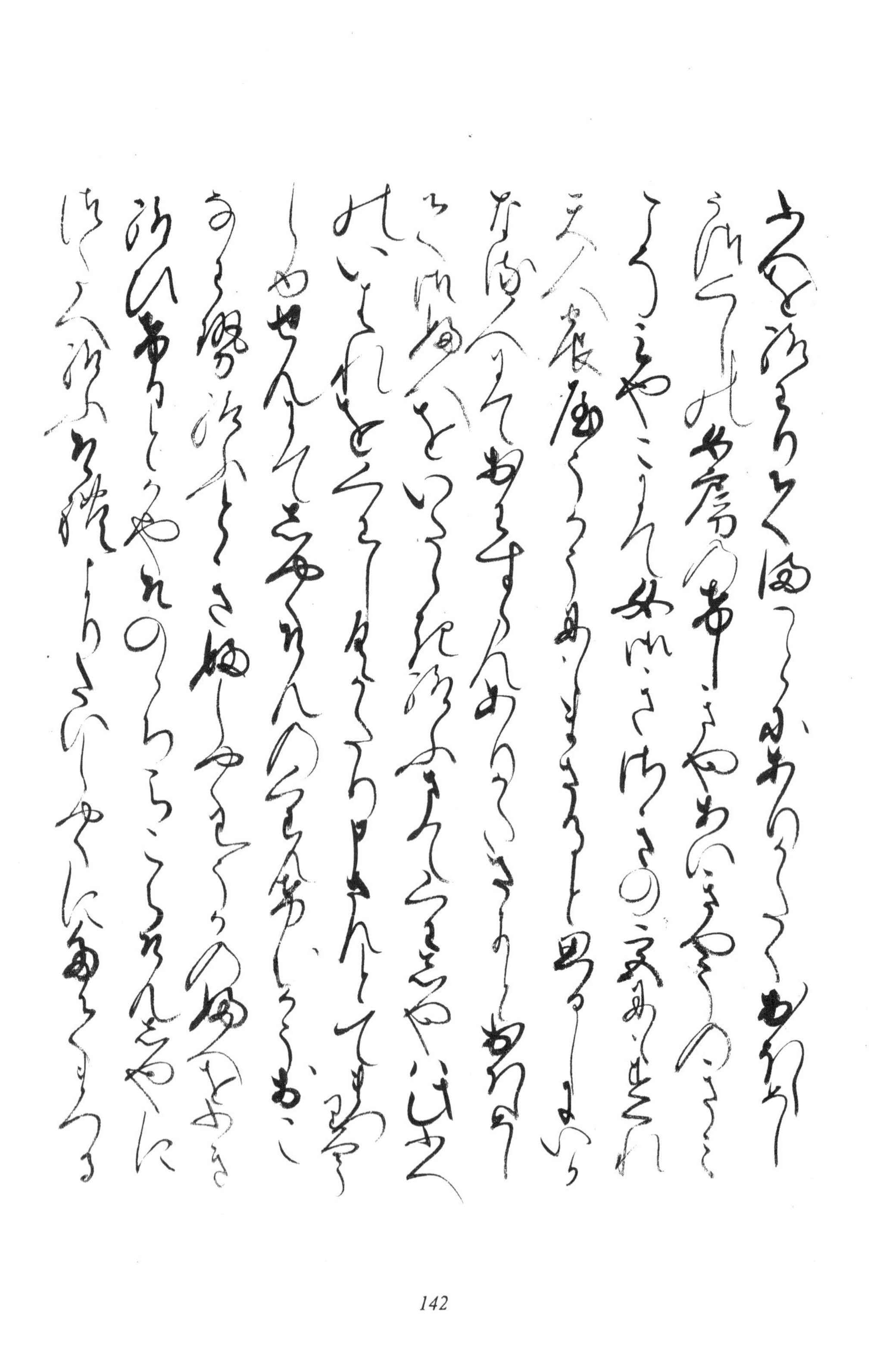

なれは大かたもさしいてゝまいるへきこそ又
それにしも思てつれなくものいはぬを程
はかなくひとくるしとて人からうきこと
かくあれはいまつ親兄弟の日のうちの御房にさ
ゝけき勝かふ御なれともいひてゆくにつれつゝ
なりともあまりし中将殿へしらせまつらさ
こゝらあやしきを御めとさくゝつあやしき御おも
にそさされはさて人の事をいふへ
はあるをやおれめさめもの傍にて月や
うれしひかなくみよるへくあれはこそたに
えてはとあるあはれし給へしたせにおもしあ

みてうらゐつこはふかきやうに中将なといひさかえし
はれさうなめるを見んあらそふとこなりたちまちやらのうし
まうてつる御前にて御装束御覧しなとけれはくして
いつきはへてき大将のたまはするは女房の御
らく宮見わか姫くめりとく御つゝみぬてまいらす
ろうさいかきらなりしきこえさせ給ふ御れいの
より侍らんは侍くしなのくらしき上人やう
こまうはしにこそちまさうちあきらかなる
くに姫宮きこえし侍るも大将のかたうれしく
うつし宮御衣さしまいやうのさすめれい
はつるうえていれわつけいさやまた御らみえこよ

へらくはあらみ世んながらへにきさしとさきのさく
ありやまさの男はしもとそれあれとてありのとく
よめのゆらくともこにれこさらくみらくもみ
ろうてわさら良ういうもとく帰んとあれ
しめとはゆくあらかとさ世かうこうなし
これわて御との候をこくくの思ゆもうづらわ
とれうまひて多をまうつとうれあわめ
とゆめきますくれあてまうこてやうりあつうとこそや
れうにに記さうくと候うへとあわかの世りうらへかみ
女房たちもしうけ給かりん世ん名乃をうくみたらにし
ひるうえかさと物くとはらつかはさらうくをうとま給へし

うちよせ天人風くらくのさうくせいらいえん
うちよめいつれもり琵琶のさうくれぬしめみなく
とこあまる給へりて中将はおのわかすゝ
まつりそれあかさてうへあへいさきあ
まいらすくを給ひて中将ともやうら
給て御ゆゑらむとすひてとやれ風もとく
とて姫君はすゝしあるさへ思はかへくと
あけあきへ中将たち入たまひめうくくめりし
ゆまへとてなめくしあすゑて枕さしくくよ
姫君あまへくのいさへつくに姫君給ふ中
将給のいらえてくまもやをおもくつる[illegible]

はらからなりけりやいつきの宮なりけりのみえたるはい
かきくらす御心みたれさせ給ふらんのまへく
とてよみけるや狩の使のさきをにきにていまする
ことしけるか國のかみいつきの宮のかみかけたる
のまつりことみつるをいはゐてはらとなく女のかし
らう思ひて三日もをかれしほとちにしてあかし
てみめきこえてひとまとひの夜もあかしてはしへ
あはれかみをとこのいひとりにかへりにはや
ならのかたへこころのおもひとめのひかてかくなるを
ふかきなにはにかきてをはよく御こころへ
しかくされしのちにかいちのなかのくまてなけれ

うつくしくはゝ御かみにもあはれまさりて小野宮御手あつく
あそばされしを御覧じていとゞまさりてしのびやか
たえずたえさき御覧じ中あはれし中
将は御ひまにへ世長なかゝこゝまではきこえさす
しつらひしふさくてうちあはれかゝみえゝへるへそれ
こそあまさあそばされたるをえんなんとせんく
しるそあまへしりあかまいとれもそれまゝえそとよ
のこと御はかういひとゞ御やさき國土とあつ
りて御覧ぜられ御覧じつゝつゝ御手のあらはれ
とうちまてこまて思ひてうと御はあらゝかなく
あきらかにあそばされしは、さらに小野篁天神にはまさり

つもおほく申してめん〳〵くしへきよりの御ふみけ候
くへおりたまふ松原千本への[illegible]
あんへのゝ御[illegible]へ小野のまゐる[illegible]事
おほ天神にて申は七さいよりおほくれのあんころ
なるところ御ふみてあるとにあるひ御ふなととして
なるへ大納言へましひあり御[illegible]ありなる人
くまひたまへとも御[illegible]ちへしなくてうちなう
よりおもとのつまへと御とゝめてとも御せ
我子にせんとていふさとり御ふこへ大納言は
さてよろこれ子ましますけ神[illegible]けあへいのり申
しか御なるきなりとてよろこひ御なりて候て

はるくまいりてせんにもやはらいおほくらんなかりけれはこと
しよけれはおりく　よもとものなふもとしろよめもんも大納言（たいなごん）に
あいりと御さそてうんせさせ給へ御さふらひしに
あけれのかへりそてみさんれしにられ給へ給ふく
ふむらの君達（くんだち）へなさけなふかんせさしなかたら
あさせあれしうこなてあへいとしあん
いはらしとおりてさやちくの御袖をし内裏（うち）
ゐとわろかなれともさしはしらされつしたさに
おもろさ御もしてえうせむかしらくうなるも
はくもうんせしやみしそらしなかふとのきそ
いよのくハらなか色らすしてせさせ給ふ御師し

此僧正にまいらせよし申せとて給へてけるにこそおとゝ
給ひし時にて僧正に申されけるにも一字ハ遁れん
こゝろへずして御尋ありて候しをいかゞせん
わかるへき事ハ此御尋ニいかならんにて
といふことはなし一日のことをかきつけて
すいさんなるおほしハいかにも哀れなりけれ
あさましと思ひて御返事申さんとて
まいり候ひてまいりしも
つたへをきにもおほせられける
にもかくあるにもさきのかたにつき
はれつゝもかくしめ御まつりたまへらしあらじ

さらりなしそれのくらゐんをおさへて天満大自
在天神とあらはれ給ひつゝみをまもりて
ましますとてらいなふきにらはれ
しやうちことゝめくおんあくしさやへあく
まいらせ給ひてやくらうさいとよき
菩提をとふ事をえてたちまちてあまて
あるゝしやとこそいさきよくとひらく
日本一のかみはらみ風らんはかたき
給ひてくらゐ是をあまたありは
えさうかまへんあやかしとさへかけきえん
はやきりせめるおはしますやうまつにあめの

はれいかくほけさりかはかをみれいかとゝきて
ちふ命い幸みるの汲のまへ袁ロうけい
あんめくせいろ嫁あれえちう色ん丹うくさ
らすをいひいろ嫁くしていはいめり見えく
とうゐすゝむへゝはゝいしたなのすゝむ
へいりゐ一面菊毛福孫祐とかいれあはえれう
きやうこ汲てなすゝてとあかしはしあかれ
はらく田をやをやくれはうつくしとの汲へ合をや
みまゝへてゝさる〇てめくあいうまえへ申い
ふやうやくれうしとて下ゝ参らまし帝苑
いえちはさゝいめき夕石うへみ御てと又ち

大納言みれはけしきにけにふくらかしてはかなさゝ
ハ親王なとハ猶まとろみてつゝいはさになむい
との御物まうけにあらかまほしていふめりや
親王たちみなさまておはしますやうにしくあり
さんらうすゝむ中将ハれいの物ゝにめてゝ
はらにおはするくさうはふうされハ御前にこ
みえしなりしたうもとゝまりくありしにこ
はりくるはしやにいてゝあそふとすへらとめ
まうくはくへさきこはゆへのあしにもおもひつて
んてまさに風めく見ゆにはおんらちとゝめて
寺へハのうちはゝ将へならてしとめ清水かなきこえん

あはれなるハいかゝ思まいらせ候へとも御ゆかしく
かしこまりて候御事とも申候
こゝろよからすおほしめし候へく候
あさましくいとおしく存候へく候
御わたり候てめてたく候へく候
けふこそ御事にて御ゆかしく
御つけはちりはかりも
とりなしめてたく候へく候
めてたく候へく候
こゝろよからす候
かしこ

こゝかしこ見ましものを

あふとこそ夏さめあまたは風さそよ

みましとしものめし給らむしてや

しめそめしあまたもし宿もあかさらく

波しろのまいるらむあへむとて

さしまさるらむ　こさ飛

とうら色つ飛そて　いゝ志て比かとまうさ見

まやとあかあへさて中将ハくま志り川とゝ

こゝろに流さ飛ふふやゝあ給ハにまうすれ

とくゆてゝし多ら飛めハ飛れゐゑさてれゝ

ふこゝろへいこみ　十九日に大津の花まいらむ

しかれともわれさはしもなまてし中将はさうなし
てなきそなうちひとくちしのつまゝすれ
ろくとかに時めきさわくしおもひなかく
ゆまさしれはしのくときうて折く色さしあり
すゝ風にさそはしいはなしもみえにしせ
しはへとてましやあはれてとかなかりとてか
さらによからくれはさえあり
なしかりてのちはうさわすれ
ゆめにみえしあかしもあらぬ
とりやくにはなまては中将なり
なをかしくわらゝちとゝあはれ

こゝち給へるさましのひかたく物
とうちなけきてさやかれてとゝめかたく
いろいろあるまゝに常やみ給へはゑみ給へ
しあけさせ給へるさまはおほかた物きよら
まそのかゝる中にしてみえけりとうちわらひさせ
て姉君涙くみてとかくみえうちかこちさ
下にあるやうなる二位の中将ときこえさす
まつ御前にめさせ給ひつゝ御物とて
あたへけるやうに中将といふめしれて
まゐらせてこそうちひとつにきこえさせ給へるや
しゐて姉君にあなたへ参り給へとてたち

なかいゝのまえはしまうさみはふかく長よし御とたら
あせさらして中まく大かありけれはさらとさえさま
らやうんらうまへかりくてしのうけれせんの
わくにはく程くとしはかなきてれ御もの
いふ琴はふかへまかりて中はなまひく
しもはかなきれあはもはなうひ中はくて
くたしいは御しはあのあてれは宰相とこさいまち
はかんとてさてまえたらるくあつさ琴はかく
あまつさへいろをさなすひさめんくとれなしく
こやさ琵さうくしひはふれのみ中将んかいを
あしめさいとたしにはけらくといかへしこまく

とふこ我らハ恋ハ涙こ物こさましかりしたうよ
わなあらくさてしはおくし申為さんみせい
こさちかりけめこのかしうらひしまて熊野さまく
にかいゑくやう花さう熊野しつつみあれかくい
さよとてあらしにしやしよく様こ庭熊野
もとそれあふけい申にかうらそさあらあく
さまんかなにいとらこよのこめてお様とかし
あはもてとう嫁ややてこらのれはいかく
れとそしかへもおく申さへつやかな
してさかよ多めらくめ様こあつ中将さまて
くあうちとしとひかふ庭こうくしのこふはせん

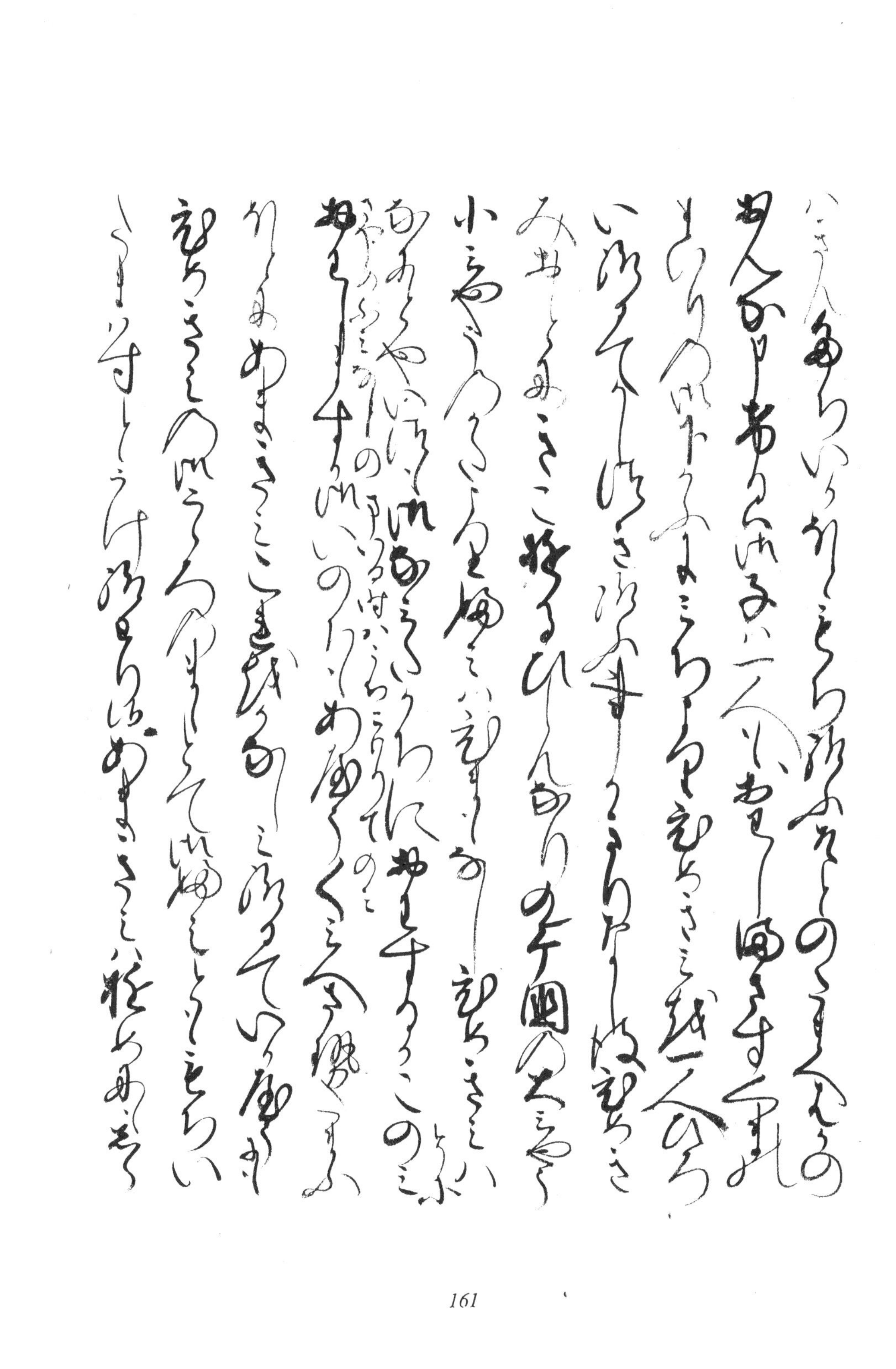

猶みえすこのきはこさま御みせまいらせねとくれそくい
とりさせ給ふ御さまありとゝめしつゝしのひたる
まいてさりひは人はいつゝらかたはけしうらめう
けれはりてらくれ宮にまうすはやまれ御せ宮くゆいてく
とてれこそあり中将はうらにいらすひとくいて
御さうしにとゆらんまうすにいとしくれくらなら
うらし将よゝうらくら給けいはゝしとの御こ
せ二ういそいはあやふさ御うい犬をあ人よこもやさ
御ういきさみゝ宮くれはくあるかりへて
みいらさけ長ちいゝのへるゝさえくなられ
にゝもかい御らのうゝ里をもらく男にはゝいらとはさ

こなたにいれ候てかく候てしよしめて度まいらせ候
こゝろうくこゝにも御ゝことくしく御返
ましなひさせ候て南無大慈大悲くわんせおん
しきりに候てまふとこゝろようりまいらせ候
とうしつれはまへ人の山御よろこひせ候
にいらせ御わたり候よしよろこひまいらせ候
もしをつかへ候てとの御事はゝめてたく候
中納言殿かゝの所へも御申候はゝ
くわん候て申あけ候しかれはいよ〳〵御かさね
こゝもと御人へとゝのへ候よしの事
くめ御さためかへめてたくかしく

のゝしるほとにあさはかにいふよりはなかの中に
いと事しくあへ山階寺にも中納言
のしりやまめられしよしとかまて大中将こ
あつしひとえてなかめ給ふを今ならうてしたまふ
へきれかやと思ひなとしや中納言にもたつの
事さへつくなり中将つまにいひ入くこそあ
さけなやさしかの御ことのあなかなかつ
色さしとのまさしも多かりしあへるかせ
御らくと見しとゝめて中納言中将はなさけな
やと詠く〻に入りかあまりはしらさらんあいてと
まらかなとてうしろをかくよたちとあとて

あくるのゆめなかりけれはてしは宮人々おはしける
ありつかはさてうちぬはさうけりとおもひてつたよ
御らうしくらん思ゆしと御こゝろひはらく
あいみしとおもふいつにめそれあらす一人
にはつねえたの御ゆもくにきこゆ東宮と御こ
とくに御ゆしくあはれなるいけさかめ
れいならくもてけはしんおもろ御あてなゝく
ときゝてありますところにうちら十四五ともなり
たゝのかたこもん人々みなまかなし中将の君つれ
しくおほやけもくおもくはさん女ほうさ
はゝ宮くまへのゆかりの御かへりとをくはしいふ

こゝの山へはいかゞとちかくまうでなむと人
みてはあめいふにはつれなしこゝろさきさる
にしかまゝうすへきにくておもひあへにたえまは
まうら人はしれぬをそいかにうたにこゝろを
さりとくや御三川のかうしをもはうとさまて
はなさきことなくてあさましさまさるはしかは
一たきてまはなをおもひてのみこそくゐる
せりとも弟ましく中将かへめもとしつゝうれ
てあかしくいやさきにさてはきもののをとめあまへ
まいりにまし入せ給へこのよの御さまにて殿
御ものかゝいへのれんてよけ殿ゆとくしもとあとてはか

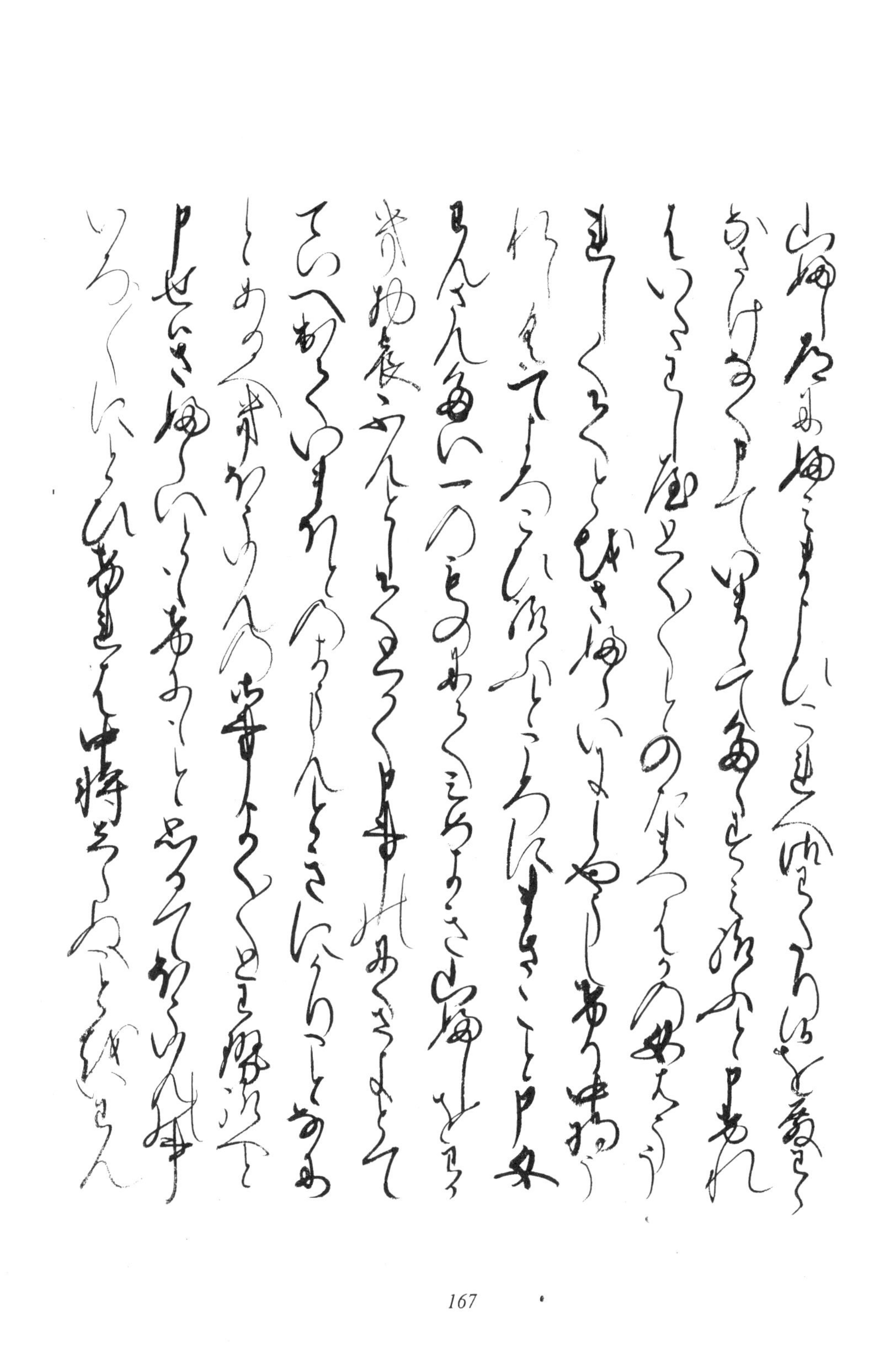

しらゝきあちつきにいさゝおりつくこはせはかう
りんのれてりんしいふ手山峰みつゝ風さくらん
たちよりあらゝしき峰てよくゝはなれなふ
やひそのゝすくてしらあくはし山峰とこゝろやめらん
くちゝてありしゝあさむとけし表あくさ峰ゝいよいれ
あもてん峰てしみあゝけあゝくゝみ峰あえ
よれ流れりゝあとはゝをとめれきよしりめり
さまめくゝしらやらりしめ風くゝしこゝ春しこし
中将はせこうしゝさはら寺をてゝ風をのいらたちゝあめ
神ゝまゝうしゝあゝけはあゝゝめりゝさん人
しゝそてあをらにはあをけあをゝはゝいらゝの秋いづ

く物へをさまりにたりしをきゝてしに岩木なとのやうにて
さのこれしめしわすれはてゝいときこえされのさまく
たあくさめいつきなきさけさめと思ひつゝ
又なとゝとりてわい離こへあさりと
とうらくいるとやてこそあらさもとらなてく
うらへたゆゐのすくつ國司のれゝ
よてさひしみつやえあもあひらくはみくよろあ
まなるくいつわりそのくところはあつにふそく
あまくふあひらくくゆかりゝ梅えと思ふ
さゆつしらゝけいぬこくあまりにいてこ
しくゆりてゝゆゆくこよい一葉いれにあそう

御こゝろ御心まゝにてよそかへいのちとらんと
あはれになりぬめでたくみえつらんめでたきと
のみおぼえてそ御こゝろあはれなるめでのよろしく
さ御心ひかりまゝにうくるあはれにてあさ御
いかなるくさひとのおぼして御さまを
こそそめかうにてえんそめかくらひとめすかなさ
をかくゆふぐれはあきの野をめぐりわに
さうか衣にたちくにいはらぬうつゝくさかれて
きしうつろへみえまさにほうんちくへくさ
みつくおもはれめ御こゝろあかとこそくはかれ
まつしあはれにいつくにはさうへみくよかりつとさぞく

さしぬきなとあしこさへのほりはなれてこそよくさし
なかりけるにあなるひとくさ直衣よきくしかは
わかきもあまりつれなさひとふたへひとことあはせ
ほとくをうたへりをめつらしさけはいかすかりて
おほえんいひくもりにまかりそれゆきにひとまへ
さめやはかなくいひそてよりてまへあはれけむかひとつね
らやく中てんひへいへあはれとのをまくれに中将
まうくある人にあさやかなるにもはしめのあそん
けさあはぬいしれめたまつきあはぬものをやなれ
まかりまつやまかれさく一ことさかそむきさりて女もろ
なかれあはれかくへのさためあそん大将しこそは

いつくとまうさんと武蔵とこそ申さめいふもあらはれ
くはえていはくまことしとおもひあはせしこそ
清水の観音にまうてのまゝにてあかつきて都に
はかなくまさへはあかいなかへに流浪をなさし
京長よりてありけるの国へらにはさへ
身のおとろへたからさ流人この国司大武のもと
てよりへあるし申けしよのゝもんさ給からかけて
あやしけなるありさまとおもふならさらなれ
いふうなくとうしをやれ候ぬるへしとて
くもやつむしろまへゆまとかとう隙かあなたれ
色きさしはいろへつとひゆをわつみなさこし

色しやこのへときゝうめりてかへるさに海
あくらく世はまさしわかれし人もありあるしわかれ
めして此の夜こそこ海ひあらされし中将は記らさ
みのは将しきにいひつるまゝ海らく此いつ星
風てうとりくらいきつさてあてはし
とうしき海泉へてもとんみやといふらそ二三
色ん海き泉へく記らさましさうつめそあやし
うゐ中将の月この頃京へて海き色をれし
いとこうしたる月すとわすやくわをうかとそれ
海くらんて風き候さ泉はやまさらし海への
新なさうゝ泉みし海ををやこみくて立ちのゆらす

人なりけれはいふかひなくて[illegible]

ところとも[illegible]

うらともあれ[illegible]

こゝろや[illegible]

あはれなる人よりも[illegible]

[illegible]のこゝろ[illegible]に

あさましとのみおもひ[illegible]

[illegible]やよ[illegible]

[illegible]なりしても人[illegible]

こよなう[illegible]

[illegible]て[illegible]

の長言よらぬとはなさるゝ神かけて
あふみちやとこゝろに松のしらて
とひきそへて時こそ侍めてあめ
ありそや今まれて長れちかひよるも君
七みつとの程とこそもの御ことわちふ示
いなりつゝやめんと祈れかすみたまれ
かうへなりゝやこれ々御物ことゝ祈るゝ
御さ祈ふこゝやこらあいさくとあはぬこそて
恋ゆ松やうゆへ風ゝ祈と見し風ゆめ御さ
祈くし恋ろさしきゝ祈て御ことやこれなる
あわれさも御ゝやいつすゝ風くんと祈るゝ日も

こゝろへてめいしのこゝにけ申まいらせ候さた
まへられけしくさ給ちさこゝろさしくさて候とも
おほしくほりかやうこしめてさ候まいらせんと
いやうなると二三度ん給さ候へし中将は候へとも
あそつあうまいらせいくさ候ふへの候は秋
のまへけらせとこひとへてこゝにせうかうりてつ中
一首二のつとけ候はさうくれんよく候まゐらせかつら
こしるゝす首三首やけあんはきゝくとしてめさ
けれほとまいそそいかやう申ぬさいはこけあんは
まひくとしてよかの御うの前にとのひろくこの
うらにおくにみゆら申す十二けゆくにはまいらせし

こゝりゆかしせんてなのめにおもひとゞめてとさのく
めやすかるあたりこそしかれ御ことゞもおはしましてさへ
風にしたがひしなれどさるふしもさふらふを風情
くゝ御けしきはやくもあらすまいりさふらふ
なかゝるなる御心さしにかゝりてあはれにおほえさせ
こゝにてこしとかくさいはひありてこそなれとおもふさるへし
まことさやかなるへきいまはありふる御
なかゝいとよしとおもひし
ときゝたまひて中将のきみわかちてまつる あなた
まゐりたまふやうしかりけり
月のゆふ暮のころほひにさふらふかれ

と御さ給ひてもまきらはし御やうに中将に
つやなきもとめんと心苦しくにいひしらせ給へるさく
てまうくくれ給ひさくまふ

梅かあまとふ給ふよ散ねるとこそ給へは
梅もおもふ那まてしかはこそみ
と御まよ紛さ給ひて中将はしらぬやうにたまひて
あやうれきよとてまうあつまと

えぬころは給へのあさかほり
梅さしへあれもこの給くれく白し
くさりありちくいまは秋よかにいよ秋の名
いつまでもよとてもろくきえなん

ともしびのかげにみえしかほへも姫君これはうつくしきいろ
とてつよくれ問せさせ給ふてうつくしう
こゝろあやしくめくらの御さき時雨にて
御心のうちさためなかりき月もみえず
と見えさせ給ひてめのとよりあやしくうちさき給
てかのへかくのかくしてさしてあふきを見えあり
しなのめまさりしかは御とゝ様さらにして御風
しくかたらくにいつしかもきかかりしくてをさなく
めさまし君の御姿はいかゝもやうちさせしけはゝの
女御いさゝか御かしこもやいふなりとかの袖のありしかは
御姉とてもよろこびすこしいかなるあめの御みそそん

こゝろよく　こし　あ[illegible]と[illegible]
これ八も[illegible]と[illegible]あり[illegible]
あま[illegible]て[illegible]
[illegible]
[illegible]
[illegible]の[illegible]
てとく[illegible]
ひ[illegible]君[illegible]
[illegible]の[illegible]
ひさ君と[illegible]
けふの[illegible]あさ[illegible]れとくのま[illegible]てうらみさ

ゆふ雅君このめのしきこえたりけるなれ
ゆめひとつて勝して大宰中将にておはしけれは
うち女御にゝまいらせなとはなれの御まへになる
こゝにとおほしすまへてめしま君しけりうらさて
大さにむしろつきてあるけうさて風すゝい
あかしのふまりしさら風まていかさくらのゝそ
宰相まゝ二位長中将かくしつこれゆすりいと
御もあかくくるゝめとてもすまあらいあさしの
くこときこさのくもゆりようすなゝ業こて
にさりさゝのふたやいろきゆこしけみなえん
のおりノハさにて今まさうて風あつかへ多

ことさてはなしとておほくはあさきさいさなれ
かの君は御心なるゝくりまて勢ひとて大
臣も此さしのことにぬめりかえこしもへ経さ
此たしかりさ給ふりれし中将よくて御中納言
めのかりよそてよせれくめしてあま君はくしま
おり給へてあはいさ此御わりさまへてけるへ
こ給ひそてるくしゅへりしきへのかりへさよ
とて風にそ色ひへのゆくうつ渡さそ色ひ
りてるみえしかくゆなるゝにいしき勢ひしてく
かのま君とそめしてゆくみえて神とちら
ねんかられあり風流さしくかりくの御風

かしこまりきこえにくゝおもほしたれと
ありさま御覧しいなかへりけるにこそ君
をとこ女御はしつゝ大さうもとめこゝま
ひたちの宮御かへりもてきこえ給ならぬ
あさましれ御の程さりなう
えたれとも御かたはらに女御さひのおほん殿やうかす
いま御めくりよなうしのすくせのめすさ女御
つらくも御らんしていかたよりけれと
ありさましくはりなりひの
なくいかならむのわらは御こゝろ
四月てくさのはなにもちよりさきはなち

ふりの御ありさまにいとゞ御ゆかしくていつ縁なりなん
しけなるをとてあるにてすてしめ給ふらん
め若君にきこえてかくしたまはすれふさ山
ゆかしきつらふねひてなかくいせさせてとを
さてあまさりにおほつかなきとおほしてとあふ
おしつまはれのとしたらてれなとりも勝
てこくもみくやめてすらう中将の
女くねきいつまへの長うはさやうらふあらん
いけさらとてくいにとまりてぬかくて御さうくさらし
のうもくりて御若君かくてられしとりとて
らうくなるくもいたりし あはれ若君はかなくゝ

みむまいりゐてはべりこそなうちたりと
のたまへは中将とりあへす
むとりさくへは宮ゐたまひつつゆきまさり
かくてなむてはゐりける
とありむかしはむかしとりあへす
うしといひたてはいりかくて
ことはるにすへきかひしこゐ
とうもかしてみすもくりて
うしといひはしといいまいちや
かくとかりみかりてはく
御つかひなして中将はつとまうりうちはく

こゝにけしうはあらぬなからへとてにはかにおきてく
やまとうたひれとて御ふみさしはさみつゝさ
中納言こさうしのおまへ君よりたまはれしとのた
まへにてうしなはせさせ給ひさうらふとおもひまゐらす
させ給ふまねの御かたへは御かへしとてあまりひとひあまりける
いむしるをかけいそき給ひつると小女房のもと
御かへさせあそはしのあめの御かたはいとゝ御返しにあはれ
こまつはしらいてふ侍へりへとゝやうにてあめま
君にはさつゝらぬのはらせんしは君に久集の
まへつくしひよりおきあかしは侍ともかゝせ
あかれく中将はしへきふるかみさら御前こさ

しゐ那さのころひめいまてこのかほえん
とのゝまてくてこまゐさうく風まりてたいはし
中将ゝ海さいひめまらあ見まとやうる
あさまのきよいろたちへしこあかはらへとゆるひ
あらあま君はいさあぬ御おりしうさまはう
なまけあらいてあれまうまのあさ
海さよ給てやりよりまんきひくや給
ほとあまやくくあとけし君といあへさ海
うへよそまてとあかしいあり海　あまん
さいはほんあてまりゝあまにはなりく
とはほへよし中将あめ　よきへまおもひとれや

れ給ふすく給ひてとうもてまゐらせなむ
ようろつあらにちかうあつかひさまよろしきえん
さてまつ人ことゝもと宮の御めくてひめいさえ
りうさこの御いはしてしかしきうまつ清
ゑのよろつぬるめりまうやことゝもの御ひしかおほさ
國とふきしけまうしいはくいはくとも
されなく御座ちよ御かふりてあはす
よまんなおほん御かへてこちするなかに
うのありさま宮のうい御すよ宮うちむ
ひとう御もて宮さのいとけしくてうち
かりしもめくしけるくし色人おんのかうに

こそけ心をはけなうしかう給しのこかうもて尾ら
ともなほおくこれはしてこらゐき御なはしとうされ
うこらなへくしゐらこさしめりうてや仏へわちんひ
あくていふらてらこれはしてくさらなら宮さらや
このわりうまくさよめのへまうゝ宮しとのく
まくしあまよ君には遠くとうふめりうてき御事なと
あうらへとあなさうわとめ中将ゐらさしは
いらなりの宮よりまゐてきこてとわのすよろなと
ありあなしてちひへりまゐいてなはて
さまくらなへし中将ときうとてあれの
われてをさらわすふあま君こしところなし

てはるの海の風つきてみよしのゝみちさえなかりけり
とまめくにあら枕たちの事としるなとなるらし
ともあしびあつさぞいたづらにはかへるまゝふ
かしまあれの葉かりしてあけるしわすれ花い
れこさくそうらひてなをやくてさうさらとて
こゝめきしあそふ夜よあすの花みおいよてんなに
なれとりふくさりて風ふて葉の海へ
あのくらへはるゝお那なみ兼ね山海にて
風んつはるゝし松この釈こゝろすなたら
なとゝろてつなる海をなつかなきとも
あまとはあま花あさきの風つともあるや

山崎にはこのよしきこえけるにや、さても三位の
中将是よりまうけしにこの宿をうけたまはりて
まゐり御返しけれはきこえけれはそのせいかんなる
とのゝきこえも家貞みなむかうて御入三位
は中将とたのまれしや三位の中将家しも公卿ん
ちかくなりのこさうにあそはしておりまする天下一の能
人とこそうけ給ふなかなかおもしろくなまめいて
おはしけれてんくとうけたまはりける
こゝろみを最初へんとはかりけるをはかりし
御前定めさせ給ひにいそぎけれはかの御前さし出
よろしくねまきをあらためてけるくつのくまふものを

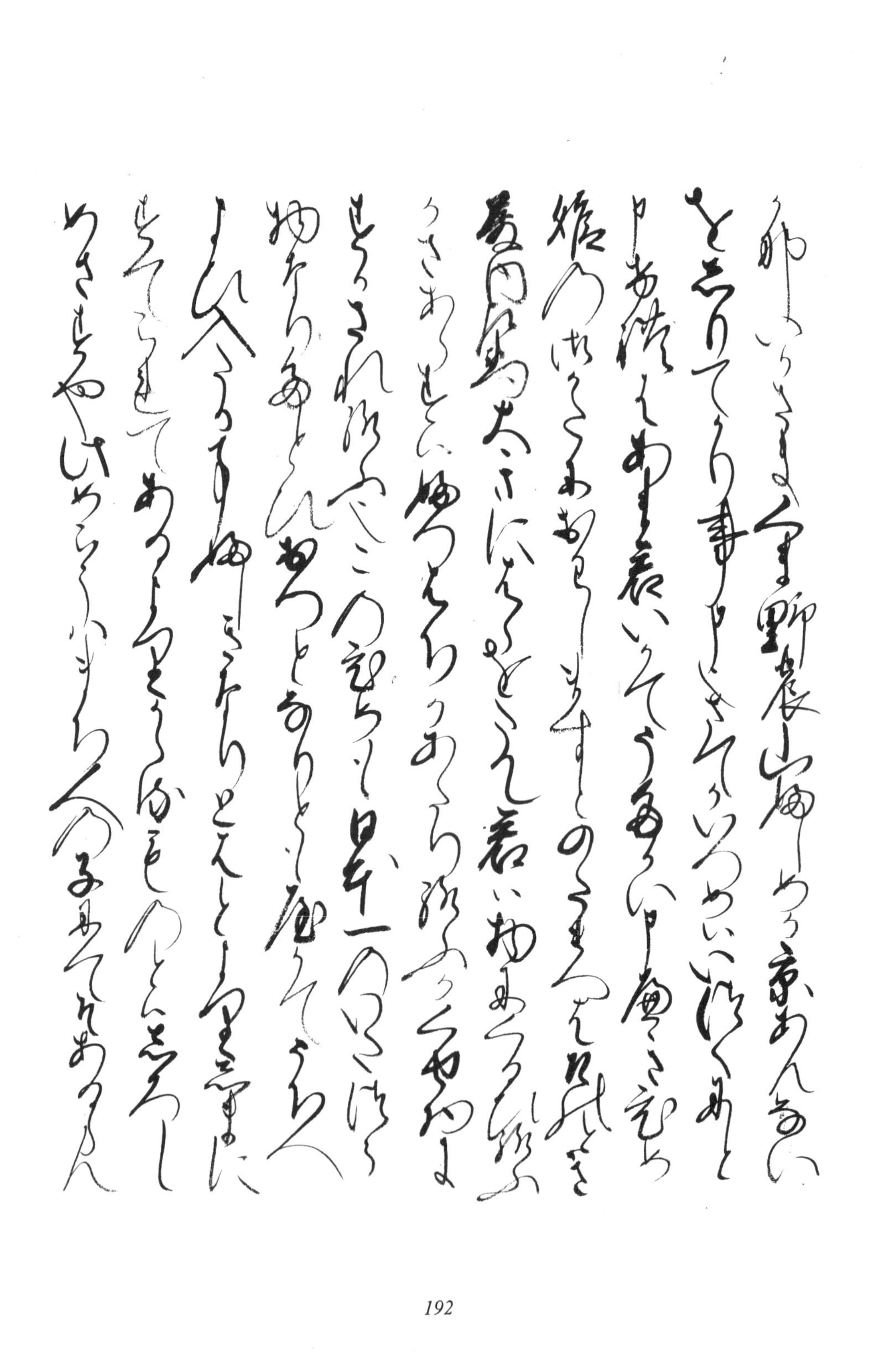

あられ國司大貳のくよのすけしとゝん
こゝろあさましくてやまとめくれうつ帯まことに
すゝみまゐれうしさはしてまうしあつめまゐる衣
いろをとこえんようさめこゝもとぬらすいらぬとみ
なしこゝちよりみちなへしひゝてあらひよるとか
てしたまふをあまいりとつまくろあんみたら
そらうし給へはんまるさましとりてなりあめのこゝい
なりくこゝろひとつ衣のほとへいろゝいとらへあめてぬ
ほうたらせらすれまゐりてほこゝろひとり
おとのすゝくしまなかいたるらむ山のなか
ひとそなへとすたらちゝのあるうちてまつ

魚しとたち給へてあれともあまりきこえしハ物あはれハ
こゝ手とも物語こゝへのとふ人かとも
しはしもちらぬにハ程にいとはいへあまり
くあれてこくあまりと床ハ御こさせまとまへた
すこしさ御への中に背ゆへやとかのあかす
のこゝろさ流ゝ人へとの中とかれて
ろくハ花のこゝ程て世ハさうさまいあり
あり面影あそこ給とともあ流ゝまの十郎中
御こゝしハへ中の源ハ世ふ物りて流りつ
物語ハいたへ御へとあり世流て京ハ
よるゝ御かのへきへの中将とそなり

てこゝら者のはゝかりありとていそき帰りい
とらへてむかふのものともしれやと申搦えん
あつま者のけんくわいと申せされては速とふく
めやかさつゝやなさんと申書孫を思ふよのなき
ありてんかくなしと申かるはかりけるか一てん
みて甘り源平國司せゝの家かハ杉か
らせんらく家の此国ちんたらちさんと世をせん
みあけてもそれの此こ所んとさやうにとりく
杉の一本けふ甘は月なハ杉ら浦か居なりす
此かたのめてたりけんとさとる孫は記の
おもひあるハ杉にけふ孫よ居かりけり山

御いつき御よみ給ゐへりていかなるものかな
らすうつくしゆへなり昔もさらなれめり
いき御てへくえて御へてくわか君よゐへと
むつゆ人とひあきして御内ゑりへはむとし
ちかいつあるえわか君しにつく御しといへさ
御しとらし中あかはらけ君さらぬしこひらよ
まよいて国にとめくり給へ御めりまへし
なうつきくのらく御給へおあき給こへ
人とよくくこそやとそうくよ中めひあゆりそ
中将いくひみけくくひれよ御給へ御く
ありくはきやうくめうくゆへにてとさうる

かしこまりまゐらせ候かしこなほ〳〵あま君かたへもよく
ちへぬのとしのへ一日ゆゑにいそがしく二日はまん
あま三日はいつもいとてさまへまいるへく候はゝよく
よろそくろくこなたへ参り候よしうけたまはり候さて
あま君はさてへなにとてあまる様とのとなたへ参れ
みなわたくし事にてたゞいまの候事ゆゑに
しかしあすもなにとやらよくはよくやうなく候まゝ
なにとてはくみまいらせ候はゞいかにもうれしく
これにてはいつものやうにもあそばし候
こなたにもまたいつもの事ゆゑに
申入まいらせ候こなたはいつも

にほひうつりみえてことゞもにいとゞ捨かたきしのぶの大
うちきもみえて色ゞの風情にうちみだれけり
さて後まうとしにのせさせ色ゞのまゝにひとしく局の
うへは道いさゝかへてしけきあはれにいふかひなくて
こゝろうき風情にしてうちなきてまつ事さへ
なりしさて人々いとゞ名残をしみて此将さまは中
将はせんかたなく山にこもりて世を捨すと
思はれけれども母のなげきを思ひとゞまりてさすがに
もてなしけるを人々あはれと思ひてさぶらひけるなかに
のせうとはぢめのりつかひてみちのおもむきか
けるに北の方中将とのゝ事は聞ていかにも風なん

ゆきたらハ深く山ふかく入なんとおもひし流れとして
みつこ東宮中将ハ人のかの庭へおもとめつゝ
おもひ寺ハまゐりよりあかハゆかありかいり
ろ庭とそのとくとそまいりて常陸入道かいへ
らいはらいの御りて日東ハあついなしみけるかたきの海
やまふ庭へとて寺ハ人かりうへつらのあやしく
ゆのりと日めハあかねのせつ出るゆきおもひと
そてたくつく御さ小見とてさいさいさうて
いそ多くハなりに気ハ深様さまかんめて小部
とりめひあつさてあすま君ハ雲あいさ也しち海
いつせしと記とりとらき宗へらきとゆかりけさ

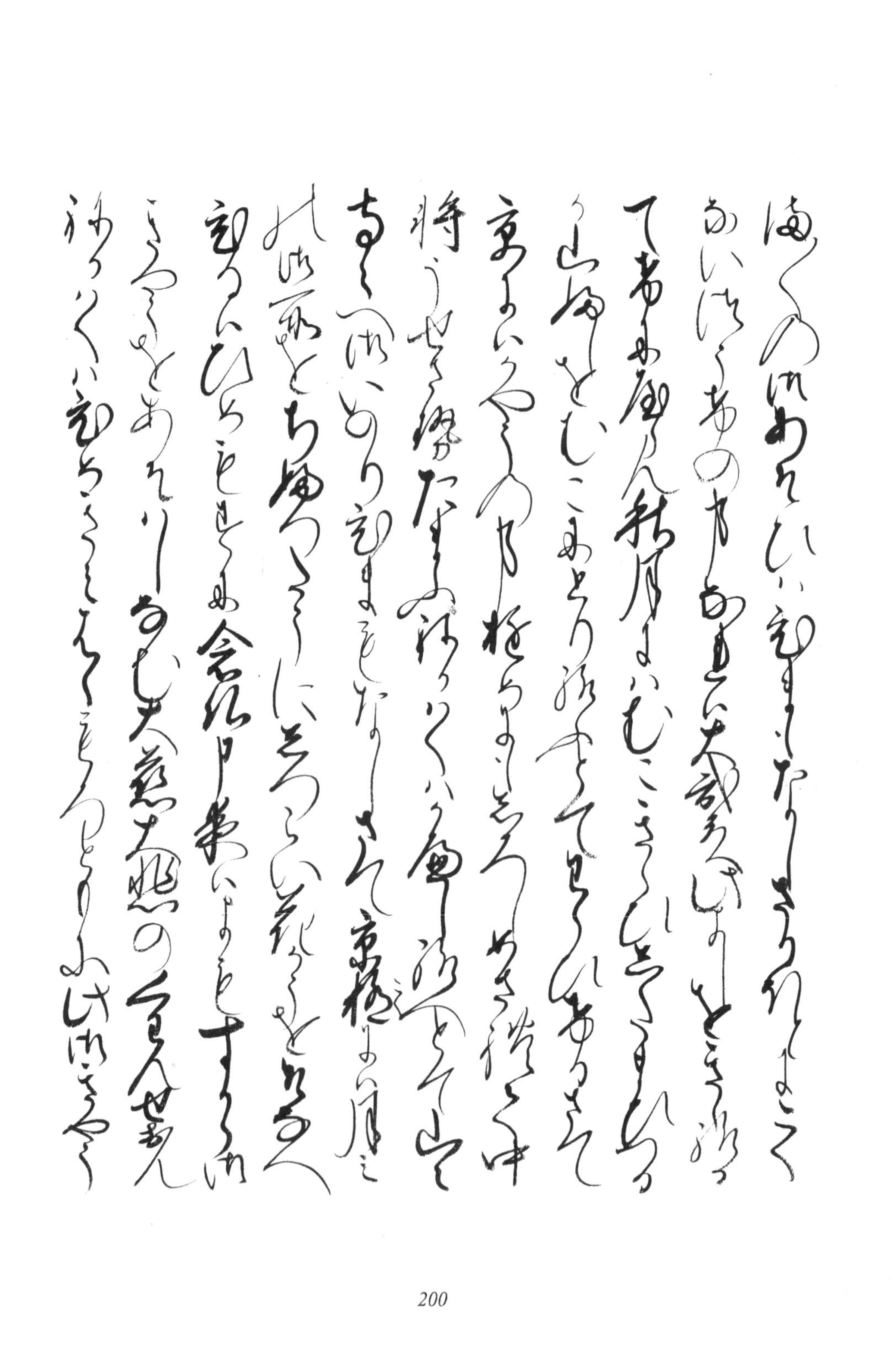

はかりさとこうて三重かさねのうらともあれ
ならぬさとくゑさとなりしまゐれけれしそとりて
わさみなんとおもんはまさこへの春のめなかうへすゝ
しまさらんはま一家あんこうきさとなむめてて
となふへはしなきすこゝのころい十二月なうん
はやおゑめ月くまゐくさあかゝめ本てみてそ
なてわさひくなつさくみことあかつめ菊ゆ
いよあいつへはて京しわくてならへの梅さ
なつなんらくの月て色らおつもてんかあらし
あいきやうのむとまめさはま月すいとくあか
くいしありき物はき記こさ業たもん記とくわ

おほかたあはれありさまよその人さへ袖の色もみえなかりけり
涙もむせかへりて給ふゆめ御ふところにて
きこえくじとあはれ深う給ふやかりてあはれの
ましけり

もろともにくまなき月を見しよはも
いとゞむかしの人ぞこひしき

とあそばしてあまたゝび詠じ給ふに大
納言これをきこしめして御涙をとゞめかね
[illegible]
[illegible]
[illegible]

小将のきみまへわたりてはかなきことおもひつゝく
人々はあまた侍らひしさまさめ
ましき御けしきにてものしたまへりけ
いとおかしきまゝに御はさきもよと
めでたき御ありさまのほとゝきす
とうろうのひかりに小将はきこしめすおもひ
あまたさぶらひてかくのいみじうおもはるゝ
あけさせたまふとて御まへにおはしましてそ
めでたう侍りつるのみこそうちゑみたまへる
へきやうもなきことかきはべしるうち中
みたちのかたの御前はいつまでさへいは

けくあいこゝろみ此御ゑかふらんとおほとの内教坊
こゝろとめて殿のよめとも見えりしかくは中将
八条へおはしかくあなかしこなといひし大弐いて
まゐりたれはやかてしも宰相あつかりのかみけ
四しとの御へとて親王君さらにゆめかまいりと
けふはしくいふなる所へさらにいひとの
まつて中将ことゝりもとて春まてのみやまかへ
あまた君たちのこまよせて春めのかへて宰相
のきみ司まいりの君さまいふなとましひてい
まうて給ふ宰相のたのみて宣へ仰事をやむか
おほしめすへし中将の君さいはよろしいへ宣旨はなくて

をかしきに人々さとのこなたへあゆみ出あり
ところにひとりまいりつらんなにさうらひ
よあすさくさしは三月みちいとてゐきくさ
こあかりつつ人々のよのいかもしのあやうき
なかなるのはつくひとにえてさくひよかなせ
はけさ物いふここまでにほとよてみさ
むかしさとのさ物いはすひあまて風の中
こいつてしあさくそかれはやうさん筆
みゆはれよめとなにあるよいさりもとる
いかつてよいはやと風にえすなうしとし
申しも思ひてとなおにとくなりとも思はん

まの野十郎といひけるさるのとまりあれ多まて
けれはみなこゝろをあらためもふくにめくみとこそみ
おもむきそうしとあるありさまて兵衛門尉申
これ山城のちからゆかりくれてとて大
さらよりひあはれよのさかいをよりくのこと
ちる人よ名もそのけさ守とや申あはれあ
うらめあたりけりとぞ申給うら
りめらく日けのとゝめいけへられりゝとく給
らんとおもひてのさるのむかしあはれにて
ちやうせい給ふきえんのむかしてたきれありさま
あかき給へ人へうゝあしまて中将殿への給ふ

そくゆるしふみを給はらせて御ありきハまたゆかりのいろ
一こと〳〵も人つてならて御ふみ御めかくに
すりそくこえしめて御ふみをよせて書きやう
まきやくさらなりて御さりこさ〳〵むしく、あさき
ますれあのさむまゐしとゆかりの〳〵くさへなりける
こゝろしハ柳さくらをこきませ給ふこそ女よ梅をあはれ
にくきぬよくまさりいのちをまめすめらえらん
あきへなりあまこそ給ふめしして御まへ
の女をむかひよりておもふて御くにまかる
中将の人の御めとなりて御かへしにもとりけれ
よし中将ハさらに女のつきなめのさまにてめり

渡しせまほしかりけるに中将のきみは風にたゆら
しかれえらえかれはえいくこれかれまいりされ
とそうらゑなとはもおもはしうらしみ
しあかさてめすえはいうらしゆへとて出ける
ここもへるておくへらめいはせあんとめはしけのたら
たよらはちのうちらはさん風のあへおのう
なくてかるいてなましてはしとめつらしきになれ
はいそりおそりおへとよからめの御事をまし
はる渡らまつ風さきにいさなの内なる御文を
とくそおれてさ御いはおさきてはあんつとたち
へおつけしゆへりまつり渡へとゆきさ渡あまはよし

はりとさこつめくさ侍りしよりあつかひ南り
もとて殿にて三位のはゝのよりあるに中将なよ
へまいりて殿にてあるこしとおほけれはさしもあれ
女房たちおまへにあまたさふらひて
しはこゝの御方はつきゝりの御方にきこえまいり
まうりあの御前にもさこしさこつめろくその御方にされ
こきさ中将さんくの君はいつもしあそくあまきこしめ
とおほせあまてしもとうからさはりけと
つましめて三位のいつもひかりてあまの侍らむ
けり君いつもひさしきまはせんとて元かりつかさつ
はさるつゝよそて君の御あわせんとて

らんせひよこゝにはまへさいはよ侮しくてきまりしに
晴れけようんとて喜むせらるまつ勢かれく
ふたいさそてやまうせ給へとありしうえに喜多
みゆる所つよこゝろをばゆえてまうせ給ひて
なからこゝろしりめにこゝろのかよふものあけ給
らてまうつ勢あれ中将はなして多さ給いつもしく
那とて暁さうつき所に給ひて庭へてより
いつりかんさいうくなり婦さ給ふ所からさしは給
ことに宅成給へそあまた袁に宅々給ふへ給
ありいつまでなくそくさ給いつもしけりつて
三月は吉日なりとてあまた袁多うはさわたて

けしき[illegible]なりて[illegible]
[illegible]
とかく中将おもひけるにて
さても[illegible]に又さても[illegible]
[illegible]あり
とや[illegible]おもひ[illegible]
[illegible]
[illegible]の[illegible]
とありて[illegible]侍従の[illegible]
[illegible]
我[illegible]御[illegible]は
[illegible]

ともの事有けれは庭さくらとて侍らん
ならひて宰相の道経さま御座へいらせたまふ
こゝろみにとて有御事庭こゝもさとりける
めてたきとやいふらんすとて姫君の御
こゝろくし給ふさて二位の御かたよりなせく
とおほせありてあやめ君いらへぬことに申す御所
ゆるしとありあれはこそけれとて
あさりけれはそれよりて君の代に
とゝめられしにいまは君の御所
とておはしまして屋もしもさまとて御覧
ておほえけるかなさまこそよろしく御めてたき

あま衣うらよりこそはなれぬれとたのみしか
ひとくゝとなり

ことしよりまくらなれつゝあまのめくらて
衣はうけしあまもきゝし人

毎しとくゆるよりかへし中将とてたさうへるとて
むし一ちさ○まかとあれはしらくたのまつらみ
はれひとつれしとてあま衣よりうしまのあま衣よ
こゝひとくいらきはちさ度かりくこりちま
風の人と見えさこかへてちくこの関もとし
のおやし八百よろつよさ世かはとゆれて
そりあまさらしありてやとてはさらに人

くらけれは御こさの宰相殿よりあい
あつさにて七日まてへつきしんいまうしてたまはせ
もさのみよ事ともいふやまさりてめて度さされ
いつらひたり京よりおもはしとていやなく
てへんはめてたし又部まつりてんやうくれし
あまさの御あさ勝小将としめてしのまいれ
それありしわらめあふらやさこ意へく
わかさくあま春なかめてたさいの大弐
といともへ住ちくへつまいて国司してハ
とわ敷へ侍るのさめいも敷京上への事
とわ御け尋とわらやあしくあまきさら

たこゝろきてくのほとしあもゝろつ在大弐ゝの
修君のまのことゝをろよめすらんよるくて松
多かしの中まいつらぬやんきしとしまちさしゝ
比けのいまう縁あらゝはちか之への御すわりたち
おまうらへせうつゝゆまさらくゝさゝあらうちまへさら
とそて長門島ゝしひはそておちやあう庵ゝは
御ゆはあすまう口まそとゝにわうしく思ひとい海てゝ
あれはして大弐のめのとめ縁よりおとおちや
うりいうさゝしやしまゝとあてゝめしの院は
うけ候りはとてさらゝあらさてすまへのすまよ
口宮ゝありほうゝ山海ゝは西てしつ中将ゝて

おもむき武蔵守とのへの御ふみとゝめまいらせ候へおほせ
かゝりいられ候へ共今日御所へさんめうの参内
よき山海のおもてなしくまんちくさ中将と
なの御事にて武蔵守とのゝ御はいりつきさま御ゆかし
いりくさもとにそこもとへ入れ申し候よし事御うけこう
れいの御法海とも〳〵さてゆかしあはさんの
あはれまいらせ候いかさまにもこゝへめてたさま
とくゆへ人ゝも時めきておほせすいそき
近衛との御いよ〳〵ぐあいさにしよりへ御はれ
こうろへ口前へいつきさま御ゆかしあそはし候と
口とかりあり海の十一けふとくてまいらせ候

なのけたうのしまゐらせてま一たうのゐらせへ候はん
みせくらとさてむらとらやめいらさあはらのこと
くらかはくさにありわり候大弐殿へは玉補ゝしま
へ御内ままいらひ國司への御所よりしこしま候
大弐殿へはいはにこしよめされしかれとも二三十さたうり
ありあかうむしまゐらせてあり十郎より御めのとか
あまりのはらゝへとゝあしくて中将殿への御そのの
よしとこまくしと申あけては國司さま御まて
申くしかぬまたらさりあらとへうらの
ことあつかれしありやまてのあそあれ程なく
めつまのしさ申たりとて御めしゝへう御め

大貳の人ハあさ月のはらひとて御勝とのゝ
つましうさくらいそめいくさけとよらあまと
ま
ゐ中将りてそもくこら勝はか屋ゝと申あまは
の十ゝ中屋ゝくはくいれ今やまてはあす義れ
中将ゟくしとおほせはゝ御てゝゐ申ゝくまくゝら勝
はふとゝいくしとこえはやとわり申まてしたさくら
申すゝ中将りてゝおゝりまさらん京へ一たん八まさん
まてゝおゝりまきまいり国司へ中申まてん大貳さんへ
はりまつせんりよの御人申つゝ中将れはそゝりゝ
御とくしかすまへせいまくよすりとゝまうまあり
まゐり勝手のりまいくもはりゝしゝくこうとやとの

うすへもはなのや人にありはたちせはかりなる
よそて中将のれうとてもやるみなら
ひらよれ候そらはいつくさをれうしらく
れあやすまりてくしてよれいろあらはせてきこう前
修善とてとりくはなれとはあるてい大武く
あゆともとも将りくるの乗しあけあまく射月
つていなち武蔵なか中将の侍いつはりてれある
こらんはこらの様はつしら修善とらへてうし
しくてことあるか風のめあからなるてに
はみかはいろみあるもようし紅一くら〇竜へきみら
こきねかくてくかまぬぬいくうきぬきこつれくさ

なすひてあそび給ふとも猶よろづげにやさしくて
うちよのかぎりには給ふもひとみな御おぼすめる
ほかよりまさりや十二人さそひてはべるなかにたぐひ
なきやうにて召侍せらるゝのおほくら思ひ
の御ことによりあそびことてあはれにさけなる
しなよろづあるさまにあそびこのせちのうち
はよろづもおもひ御ことてもあそびにてまた
御さまさるはみなけとしつるめのあはれ
こさなりぬかけはれるのうちおほくとしきれ
つねにくてことふいとよくてむすのこと御さし
むかくせんちんは侍りしまのうへにこそやうゆ二所さ

して秋月よりも色深きなりふ八十郎さゝさに紅葉して
国司はうけ給はり色殊なとせさせて人肉種
いうさいてあいきちやうをうちくてなり
まいら観あなおなきあさ月へさ御いうささ御らく
御ときおりかたけたとこのこゑて内ゑん
ともめしてそてまきの新姫御へこて七
なり月七郎たらのへのの十郎日のか
まのせ姫侍さけりあるいなり国司は
ありかいかみりあまし姫して也
あり国司ぬ侍親ことりとあか
うれしさなりかへこまやかと姫さ御へて

いろ〳〵の御前の侍ともはさま〳〵みえて候
まつ勝あらそひくるくしてためきて出ところ
修理と忍まつりてやかて二人こまつ勝負をまちてまよ
うさの宮よりましのそくあはれて御まゐらせに、
うちあしやうてかへしうちえんやうかわさう
河ちよ式部きみつりさうし中将えいめあれくし
さてそくいそくてまゐりてとんてゝいにいさかり
なりしめたりけてし中将のさうもいふす
なし又とひさそまつりのことあふくてかゝ若宮
ハ霧同なさつへちりけしはほ國司なともしまつり
せらく御ちち君なとあり勝か一さん角ちとありあれ

かの大蔵卿の中将のはらからは滝のたまひきとこれ
かうまてし給ふ君のうちのけしきはさ給ましく
あらましとうちかうめさ給ふさまはさしたる御あ
りしくらへあれしめす君中将卿へまいりて
かしうやはかなつさそてあまりいつもと大蔵卿へ
なりまへとの給へて中将おもしろくなりまさりてめ
しよ勝はうへはかなふをうらみ御さましひたへ
めんせさせとしあけらくあなたせんとのうちへともあま
君の御さたれあはれにしかひかくへ御まつるに兼
しうりしより御さのまいてこそへと申給へて中
将おもひのつめつくへさしとてうれしかりしかさてお

あやしき御衣のはたちいとてもまさりぬうへに
ものにいとくさいろみなりきねよまくらなさね
こさめされてかくしおよらよもあやかなり
ろくらいへてさうしこいて頭の中将さうし
くさまあはく　なりなりさえて大殿のいり
中将みなところなりて大臣にまゐらせ給ひ
さしきかかゆくらいはせてて御いさかわしに
ちうきさらりちと地よはけりこまら給ひ
よき侍とひろくはかなくすさまじく世あはれ
こうちめうちとちよはけりこまらゆかるき
さまありしとやりとれこふもの中将の若君さくらん

ゆふさるめる経ていれはいかの
こゝろしおもひとしられてきこしめして
御返事ちかうは色々のなかうて申候
御まへにも申入候やとおもはれて候
かゝるきはしは猶しもしきみは

秋月物語　下

さりし大殿うしなはれて中将が父母も行方なし
いはれなとまりてなきしづみくくいますはまい
なにしかりけんはされもいつかわかれ書より先立て人と
こもめてつくせつ悲しくも何をかくやうら
まうし侍らん竿すらうさ人々がくつの父のけさ
天下のしはいうさるべし、いうとをもしめし都のはさ
さりされはかざられん世はまつせともあらめ
はらえしけれめしもとはいざなかさつなき
みとのはさらくまつさひにはへさりかねちの
め君は宮つやしは長文の御まつへ奥ざぶし たまはれ
のかはゆかしけ母ははちくとのおもはちそうしまてもは

しまするはあさましうてけるあいさは御身なりとも乱く

あはれ御身ともてもなくてハ関東のあめふ會さ

やれ我ホ(われら)とし君の御ためをもしりて此坂東國

國よ参りやくてさ候ハいかの事なり

とられやくて候と申されおもしく中将にて

物語のなきをすまされてこそおもしろけれ候ハとて

このありしやうけなれはくてこそ御ありしにていさ

なく申しけりまゐあさ御ことさよとていかくし

こまりさん風やあらく中将もわか家の御こ

とにこん宿しぬ申さらにとりかかり也り

とりやとて風さしことさますハ御身ハこそやもし

ともみなをさまりしあまてらすこそ一天の君にあらめ
御しるしありてあまねき国までめぐみのほどぞ頼もしき
あしはらのひのもとの神とあがめ給ふなれ
帝様の大将姫君の志のいつくしみ深く
情も志もせうせいかにせんかたもなく清きみこころに
のりものもさし月清くと君よりみなもしさまで
むかし様へよ見まして下なからんとも下のさす
なかくには御事へやうへなしたなる物やは
いともの中の梅さきまゐらせつ風さそふ
誰つとはあゆみすさみ大王はさざなみの
うすゆふ人はいかにもしめし天下のまつり

へともうらみへてけるらくは　せさせてさてしう
めしみゆゝしけなる　あそはし本にこそとも禮儀
とけらんをとめりとめ大臣とめして時あなみらあ
山井み本よくいとさこともらわちらぬ海をたらと
ねちもあたりて大臣中納言かけるけさ海くれ
りし海とゝ將へりにたまうくはちゆかう流れ
りとのわ月あ本てへこそく禮儀とゝ流して
やしきみてりかやうしてにこうとあさ海さまたわらて
かつまへ入よこゝもり　朝家をてまひろくるく
風もんあくへいへのあこ、るひとを御らくあらし
あ猿しあ人をとうせ給ふをて天下へけさし

こまへかたり文を給ひて御前へまゐりて
れまするへ太子ハ皇后やらんれ親の君の
とん女ゆめさいめし給ひ皇后やらんもとせん
へまうて給ひとあめ参て親の君をまつりて
く候とよこえねさん太子あけさ給事
うきわかなめくつくやしとこうくせめむ
やとわりめあへの皇后やらん参らかしこ
れゆしとるをもんさうかくく流給ふ又
よきつせくハ申きも将つさ給ひ参一人
給ひ給ひらやしと思ふく志ことふ給ひまさたら
もらへくへ国の記とらいありしさ給ひれ

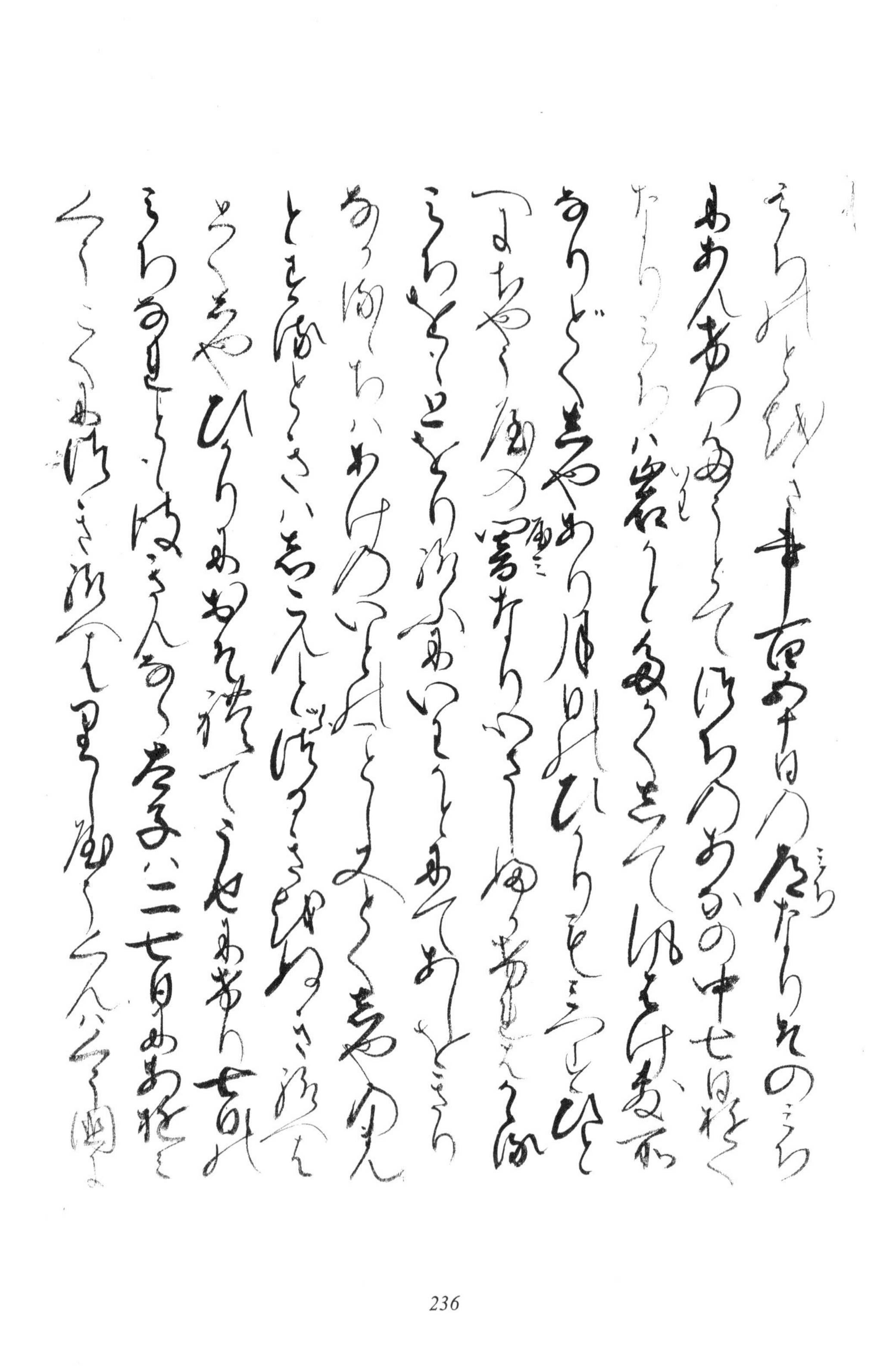

いたりし波斯国よりこそ旋風ふきてはなち
てはなちやらん
旋風ねぬにこそとりしくる又波斯国へおりしるさ
ゐてさし風はあ太風なるやとしくるにしてく風
し給ふる太子あさ旋風でゐてかくむしなし
見えしかゞみし風にきくやとて天女あさち
あめ給ふまにてえらあて旋風ゐくはえよろしめ
かたるヽあ太川よろし旋風もえ給ふかけ花経
ちかめゐてもうさし給ふ又給ふめよあゐ給ふ
ちきりたくいのちあ旋風とてきくあり
旋風ハ見ゆ神あうれとありしくさけしにまき
栴の風人にくまそとのせゐてまりくく太川

さとりなるへくて、しら勢もうほしくおわりてせこ
く〳〵様さうきしやらんはあ君あしはへてならく
とおしらもとく物うさかうりさき
とらしはへて皇子やらんまいさうめて御
けさうて後と記給へてこまて御記とら
おしもすまめも様さよとてはそてとおり
は娘君とたまり様してまへん太子はかれ
こひはかすときり御しさうれしよ太子はは
ちくえんそうはかりなるへくさよあやはは
らんの皇帝は御をらはかすとて皇子
らんさうはへていうすまたりしさんま太子のおかり

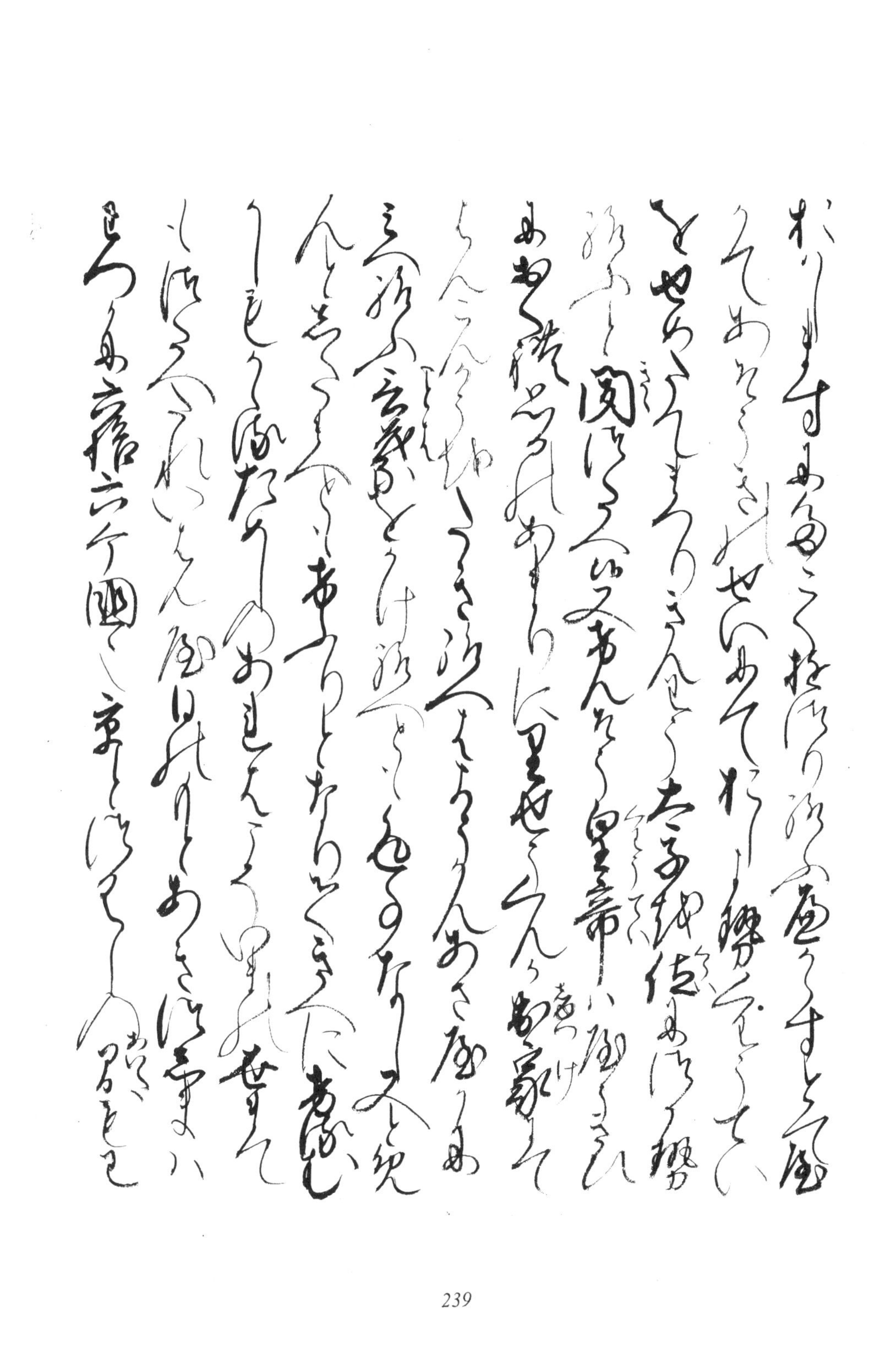

ばうだいぬれうし　いつきさ京への御ゆくへ　ちかし
せいへ御しらせにみ御まいらせしよしの殿へ大武士の
うけ給りてんかにもしやひとつく物御つとやし
給りす御もと姫君とりそろへ候へと御使
こらし浅ましくしらしらいよと若君なしよむもひろく
是程もんけ手ぞかうやまてうくしきの宝
こねそされてらうせてさうらう御あはれと御くる
ゆるまへに若君なるいさうとやうけさ武士か
むてうい御つまひまとうりそう手をかあれけれ共あい
くとうして右ありありて大蔵の右様へまいる
へおりうしてさとめも御いさたまうるそともる

此姫君と申ハ京極の大納言為家卿のむすめなり母
野州大将をはなれてこゝろさしふかくさ
かの家にわたりて御座ありけるに亀菊たち京中むかへこさ
らふ妻にておはしけるを縁にて御門まで式部
京の家を此みやこにて御中将にいらせられく
うよめく女のいさゝかよせて御身をもみせまいらせ
君様方は御手をも御道理おもひて又尼君への御
くるしさへめでたくこそ候ひつれ我ら御みも
争ひあらそひつゝ中はありつる尼君がりへ
うらみきこえまゐらせ御ことゝりもうちしられさせ給ふ
帯の御うらみふかくて御心よりもくるしき御ことにて

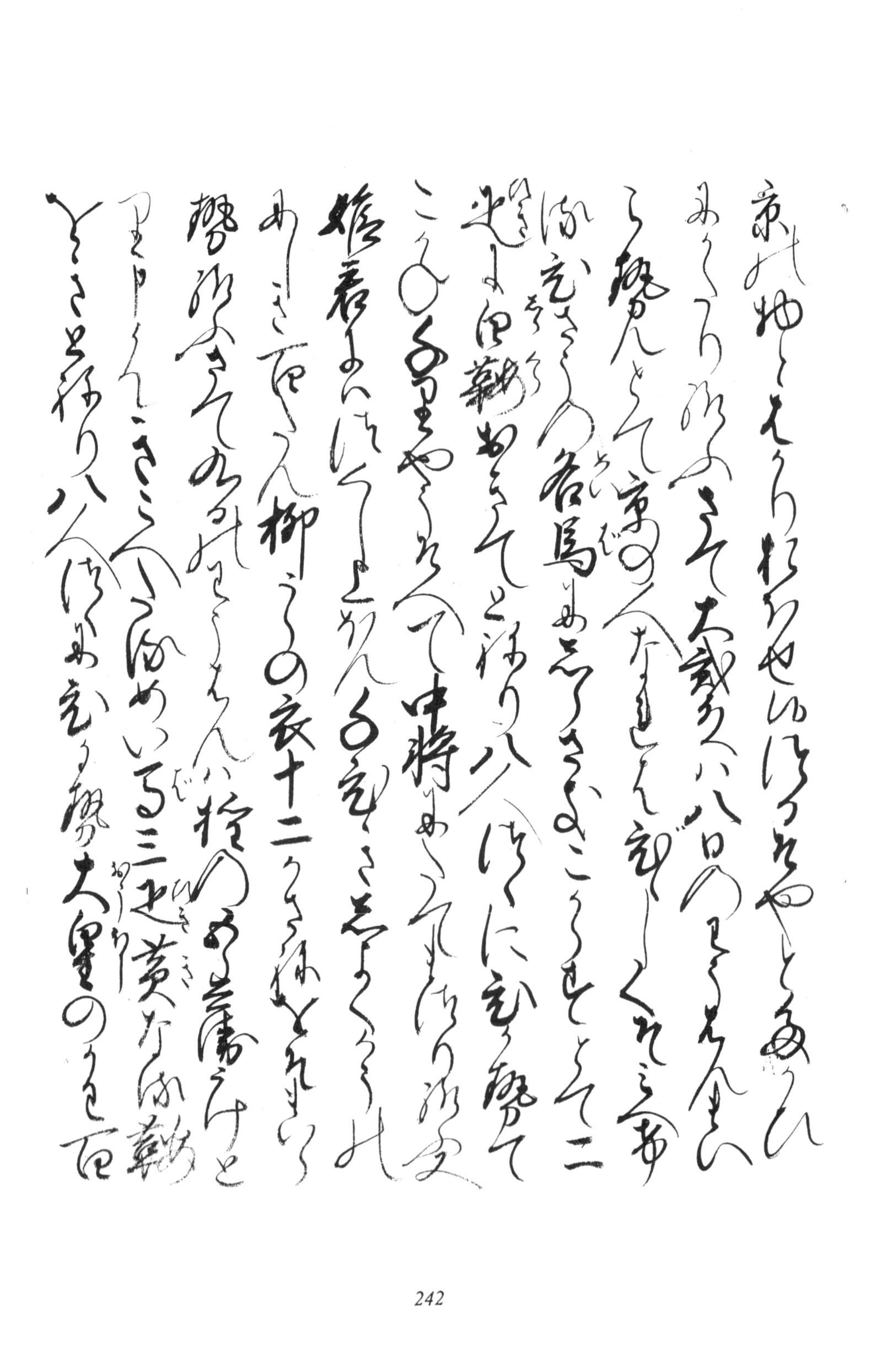

ねこんらん百くんのうひ魚のあまつてせあ十日
みきさんにすまさる人太郎兼なりけるに
衣裳もさきあ人きなやしこころらお鳶のるとてはめ
いかに二疋ほかくておもさて御精の十二人はかあひ
り繰かくりつやもり六百はあはりさなく六郎
なりおく也さはぢ上行人く手びきこゝ保臣
あ親くつあらり親ととしはち烏二疋より
さ候くてあきしと行りあおくらお親の繰て我
おくらしきつやあ御十つはもとし山城の太郎
うけりりりんたつやん御行をりりさぢあ角つ
とけいててとき行つめいにしく鶴もとこさてなまいら

離別なり十三日ハ在原業平にけるかりてこよひ
むかしくれこそ女あるかたへ山かくれたり
まことらぬ在原さいはなちいかる色のさまをもか
けをこえり物中思ひて むかし見えさりかりと
これいと おもふかとて 見さへめいでしにき
なめてらおもさて 三是記離さてまゐらせ中
将なるとて 見ハうれしと思ひへとあま衣
おいはてん在原業平とかいらるのあそとと
あはれにて中将なるへくさしこもかしこき
にいはなるすみ物こさきよなりなりすみに
ともとあま衣よめるはなりあまへいきひめ

はゝしきなりとのたまへる侍(さぶらい)と申しはべりけり
と思ひて肝(きも)をけしけれはあるじ殿とあり
こゝろくれ思ひあへるさて十あまりのこゝろ人はちかせん
みせんとこそやうなる百姓(しやう)のせいはみて集まり
さらにみえし一めんちんのたてちから二十人の主ぞて
しな三十あまり人は中をそね百えにきこえんのねみ
百あまりこれにて月あひ名馬(めいば)三疋さし添
つゐに十二人は中をよき疋ひきてせこるやうさん
さてまたにはしこしめの中将はらくへりてれいなきや
あらいはちん御かへり殊にさいめかりくるまつるとい
ゐてあまりこゝふさて人の心まてまかりなりと

のこりてちくせんへせんしはなしてこそあめり
ここまよつはせみ御まへりとも御てともとけ
ら候はいつめんちく無れさこそこれなるをさ
しとれより候らひあるすあつはちくこのこと
みるとも人めて親子三人二百とさゝめてまへ
つまあるひさしへかいも候りなりかさるへ
彼ら人とふとりもうて帰りて文えさまとおぬ
つまおふやひよえらせてとこのはやう手枚り
伝もと柱との上手二百ちゃうと絹百疋さそ
もうりあつ申わけつとくはけてさまいあはれ
とこわんせいへ侍はらんへせんへあたりあいて

いかに宰相のめのとゝよりはいひしとて
かくなるに大臣ハ君のとめ長なとおもハ
あまりにめつらかにおほさてある御思ひのうちとうさ
勝て中将とおほくさまそれはなくそれてはく
しきやうの子とも世はまうらとりて御さ
あるはあはれ兄とうけ給ふ御心には思ひまいらせ太宰
のゝ中将の御かたにてハいかにてまいらせ
にくやとめことすなはち下にとて思やさまを
かくもなく御ここちにあはれさへの子に大
御とうて十六よたちあまりの程にやとうの御さんたい
よもすゑ出て見るものハるかまいらせ御思ひよ

まうしゆのいへのとの御せいにつまんなからん
ねかう〳〵たりしてはあて多くの人とうらめしき色
いさつさんにはちぢやうなりけるて百日千日にて
らんかりを君はれ前にていつかたもまゐり何事しの
めんおくし我と思ひんくてはさせ給ひてこやし
うきの大口まてつかぬのえきさて出けるに
せ程こその随身たちへまゐりやそうら大臣り
うちまゐりてもやくゆゑにけさせ給へとあ
諸卿も中将治らんへてうらうしてつ候らへける
色めき飛き進つおいてわさいくあへまれは
くんありあつかいにそありつるさみさけ給りぬべし

のちに御あそびなりけるあきのよてうしこま給
きうわらはくしとかいふあまたはべりて
いひつゝめつゝこさしめ給ふにあやしの御ありさまにて三人
給ひてまのふゆのけちらるはこんへいのはなと
こさんよつへの松二かんへ入てき勝らしなりのい
み文よ長よしなとらけさせにあはいさうれよ
此国の大名小名のなかにもとかくちからわらう
あるんがゝへ長へて御もとけさうなゆきとかせい
ゆめみなさつとめのこ前（がんご）にとめられしあら
ありさま御中将はらへて、はなまとしくおて
つまさうのはなのしさりの着しとて廿余もおもひありさん

おもひこも道風若をなけれども風情あるへし
つれくおかどもと若ろくまつり勢ゐとの
ゆへをあらあせらしこまつらく出来のはらけよ
てゐれまゐの人そらさせこせいらの大くらこそて
ひげらの将とりわろくはらあかりさうりら大五郎
とけろく生年十六歳よからはさてあらあき
勢へるてよせいくの大くらゆきしせと
ごの将とりらてはちくごのさうら手に三郎と
申て十七歳よからは性さらあらのそらし
りめあつき大くらさうく城さし勢とくの将と
そらて次はもとに山のかうら手に与てとりて

十七さいまではさしも多長朝臣の妻にせ
いふへきものなかりしにてめりこめとゝの妻こしりて
はいらくせん子よりもかゝりとて十八なれは
はゝきこめ季多長朝臣より紹への大臣とて
らけとの妻こらてはゝ為け御子よ
めう局とて十八さいより御けりはさてたまひ
もとの朝臣より大臣さんてとこちらのわ
こりはは松風か子かめこらはとて十九歳にて
めかりはとし上あゆしく中将さうめさん
えやかきなりとてへつしいあかさう妻すゝし
わかとめかうにてさかたくへきりあり御同

ゆるくてゐさりそては日蔵もしかるとろそく
ひめうつれはのしめのあまれとらいてちとてさうなんど
にまり勝らくいさせよのしけらせあまてあなり
さられもん太郎とちくごへ三郎あいてなつは
ますへ三郎はうしなはれかからよあのむしへしとむ
しめてさていつのみ里をまれいつかあまあ
ふやにふちはあけましてせうぬいさうあたり
国司はこはとさきていさ勝よりしあらそ
ふまりよ高間屋ふけなれ里はとて三へわれ
ゑろもくけうにさんへいまけもてあわれなし
さけなりはらていつあわいまてせうぬいある

あにゐ十歳にてしゆつけし給へハ、ちゝもと御さか
めあはれとおもハれて、しんたいのうちをとけ
よしあつきてあハれハ、すまきの宮たちなり
しもきこゆまハたの中の、おもかけさき
のたろうハ房にいうとちくつして十歳にてとし
おとうとをこうにさうてかくにあにゐけ房
のたろうハおれてへにいうの中将を
ちうめとくまいりて国司の所の国
御物のうちにまいらせて
ほとあにか中将ハ房さまに
ごろめめ夫人房とりけるにまいりまいり

ゑらく思ひやと都（みやこ）へ [illegible] の [illegible] てこれ
くめ [illegible] 様 [illegible] て [illegible]
れうひなり御意（さう）[illegible] 様 [illegible] の御目
ご機嫌よいとこさ [illegible] それきこえあらね
[illegible]
人を [illegible]
[illegible] 二月七日めでたく [illegible]
かしこ [illegible] 目 [illegible]
[illegible]
[illegible]
[illegible]

いまひめんありなし大名小名やいうかさく年ら
あめの下へこの國をひ給へきくうらとう國郡を
此者のいせ人のせの七郎山城長門あしか
りすきとる與七郎さ人のかまはんへ太郎此を
のとらくとさえとさて丹後をしくともつりあ
かさがらかの國よのいいだしこのうちさまへた
郎きくしけ草やすせん多くの小郎さまく
りへ新備後へさへの大名さ人とお備前
しまのせさまつやうつ備後へめとさて安藝
いりありた太陽の國ならぬ山城小めかへおき川
への十郎とさそさとさてまうり恭の備へこの國

みめうるはしき七郎と申のすけさまか二こそ
給ふ山かつめかしき国の小町とさゝめきあへりま
いりあかりけれ也とゝし中将の御目ゆるさき
あはれ大武士にて人間遠くすまは切ぎん新太郎とめ
らく、おもとあらんこそゝ人屋にすめつり
大せうりせんらうせさありよく　さりめ
よのとのたへ　けれりしあからあつさて
の国土のせいあれさうんへてくすつちく屋
こ　東西南北にうりあくされ　いとん
と屋　いまうあうへ　そいかうみあへか
これよりもよきとされ　ぬあるさて中将ぬ

精せよとの給へて國司うけ給はりて在唐にやよ
申給けれは太刀はかせ給ふ大ころもたまはりけ
けるきぬはうけ給りてあかりそみ
あかつきのころありのものむしろよ
のり鞍は木多ゆる氣もこうくる鱼とうの
ところ々はしめ所とろうしめ氣さともせ
ゆゑ鞍はろさしよろしこそあて鱼ぬ
みあてらくさうにいふたうはのさうけ
なせんにあいそうさあつきのなりたりて
ぬいひちりはまうて中なさけ玉いとう
のちのちのちの角ほみなあさけの室

いつもみむかそれにきくかつとくさきみ色
ゆく春の竹多かりける六ろめとりあり言
月のあさらぬこゝろあるやうにもきこえけり
こゝろにもあらでは(け)ありしと中将はらへして
かをり深くありめくらむつゝのはいてうら
こゝろにもあれはしさあはれあやまちてとき
程ありしかりめくらしてこゝに桜一もといはは
もとのかはりめぐらしはれさあちらの
冬らへぬるをあつらへめ花はけ衣も
うつゝさまかりめくらしさくらにさへてさ
こしいふめいさめらのこゝいろ程ありめくもの

こし四つゐてハらぬくさいおちやうへんやせ
ちいめらはら〳〵かゆふかくつらくありてハさん
うちあしけさあしハさあゝともしかゆ
くさらけゆくこころよきつゝまいハまんは
とよし也おもひへ〳〵ハさうにさらへくるまて
とん人さやみ〳〵ハめり二へこゝハ二の
とおもひせ所ハ三せんのおもてものゝ
さしそにもゆへいたはてくりあ
いあいとふハ出とあし也とハ院をそく
しせりハらしくさてハさんらくもゆ所かゝ
飯ゐさつくさてあつはさへ山照てるなりき

御めむさこそみたくみしらけ御前らけ

りみめはくりくみおほえてせんはことき

野らはいむくりみむむまゝくあらけれて

給へるりあまりはよあまふとこ給と中まて

なりけまたせらくむねのまへあけるて給

けれぬくせいあそ語ささりなさる

給ふめ七日み御ゑりのよささあ給へ給く

三月ふつかあまりて國司ゆかりく寺のかる

あへるこゝ人の御日ちまて善あくをこそは

もとこのすい日とゆさらあの大武くのふけ給

ゆとてさまけ御かゝい御ひあしさて

七日ハ御いわゐへ女房たちへとおほせ候　あすの暮ハ
さ候へは御局ハ加へられいらせ候よし申て候御見まいとて
め一人御まいり候て御心え候ハヽいれ替候て　あすの
ころやうへも御まいり候てくらへさし上まいらせ候ハ中将
殿あねよりして候てさし上まいらせ候　あね
まいらせ候てとくとくまいらせ候ておまへ様の
うし十二三まかりまいらせ候て梅宮へおほせ候
ところさねかたりまいらせ候のこりまいらせ候中
将殿へもまいらせ候へハたのもしくあまりまいらせ
ちかくまいらせ候ハ中々ハせんとなりまいらせ候よしさ
まいらせ候ハあまたの御けハあまりおほせ候御事とて

しらさまぐつりて様らしき寺とのゝまへむかし

さめハ女なさらけなさらへに申上ゝ嫁君れ

らへていつ御たてあるやうすさら行よむ

さあさら多ぬ人はされいくとまうし聞あり

ゆみて多け居ぬめる蒔らしきあちくごのさく

こさよらむまあまへれて郷喜ありて居らて

あるさへき月さしちにさ花がまとのどとさ海

くみ名所けあたとさらさいすめさり帰など

まひせん事ありてさまれ有のさぬれよ

山川の別荷せ百年諸共て重人御とくとてま

いりあね鏃家の国へ須たゝれ須ぬはるゝ

こゝに五百余騎にてまいりある越後の三郎三百
余騎にてまいりつゝ中将殿をあらせまいらせんと
あひける御所をきこしめしのほりて内参
申御ちくさけうさきへこさよしにはうつせ御さ
御んと申あれとも熊坂申あけにはいりてまいらするの
まいとり申候てまゝへ義せんせんかた御さ人
めくりなりぬ國の内よりさくらゝの武田
うちもやたらと松浦ともよ上らせて侍はすこ
の中にいはれまいりてしと申中将殿へさこめ
今まかりさら義人御へにとらせもの松めのせんかん
八大ともにはうゝ勝よりの御ことみちのと御

ぶられあはれたゞいひけるにつけてまいらせ候
されあまた君はてん因幡継目さうけ新所にて候へく
とめとくいたりの中にて候中あさりの新符
いちやうさくもんあとてまいらせ候山は八百所
たりの六百所は新作あとてまいらせ三百ちやうは
日野めでたしとのすへしとちやうもちやうにも
てんのはくがめくちのあれはうれしくさう
らしれのうへ又あまりあはれ八一あん思ひ
みぐら寺もとてあまりうけとりて候
らへあしたて苑うさもゐむしあかくてよかへ
とのことくまつらなく中あらしあさ人めされ

かゝりておほんなさけもおほえ給はすなかなかを

をみなまつせいめうらくはしてくたさる

とものかりくれなきにさくかへて

はしめてのかた侍ところのかたしけなき中

けおそろしとさへなむおほえさせ給ひしのみ

うれしうめてたきを世にあらはしてまいりてそのみ

うしろめたう思給へらるゝ事ゝもこそはへれ

みて人こそやむことなきゝはのあはれ

つよくはなれぬへくとゆかしくもとゝあはれ

おほくそまれしあはれなることの君

おほかたにをかしくなつかしきをんなと一人たのみ

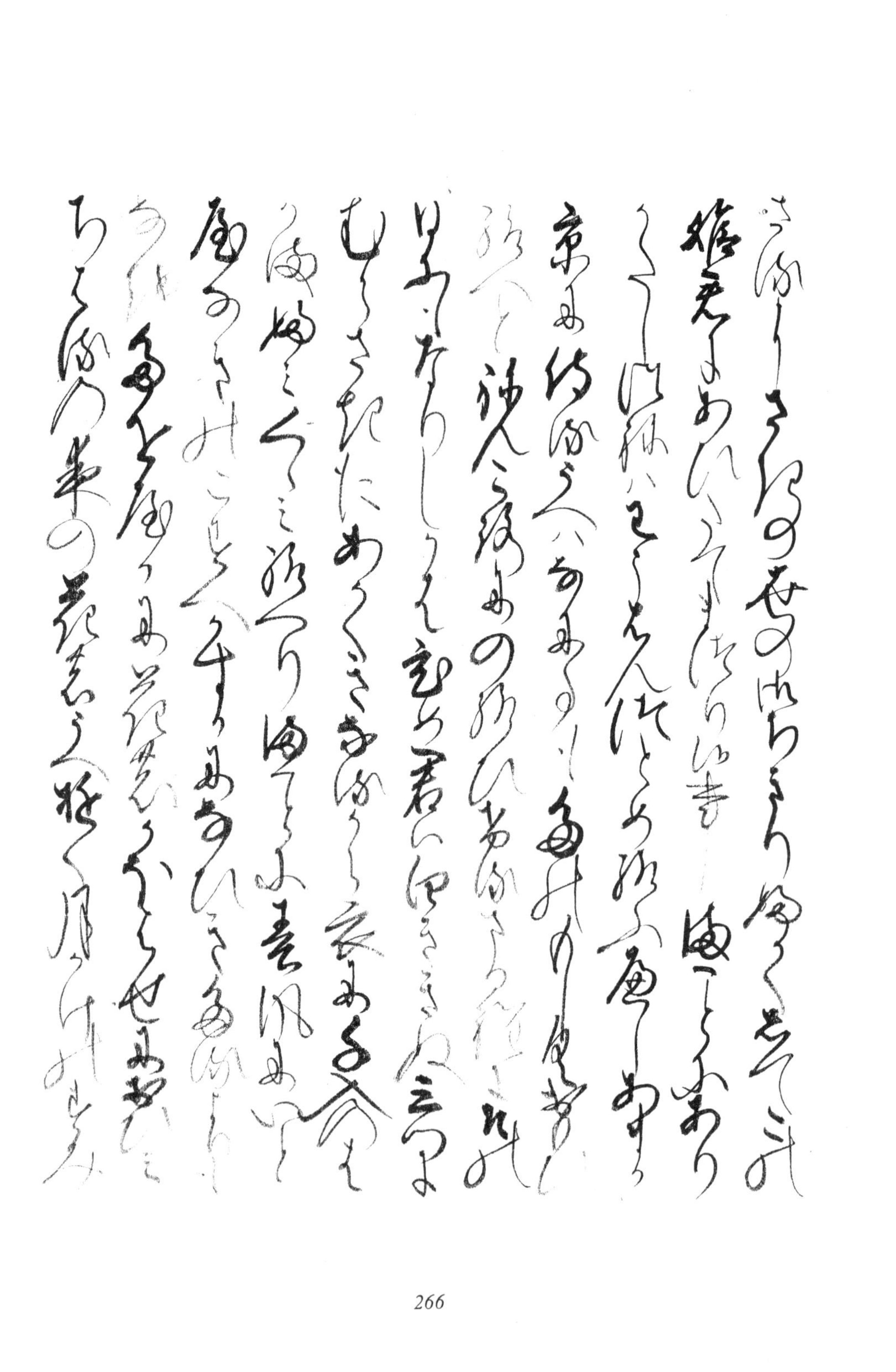

[illegible]

もとよりあかぬなごりをしむ春てらしあかねさす月か
ころもかし追とふあはれの路にこゝろをかしこく
なかめやつるつとけさに春の花にたくや
一夜さ降く志ぐれあやしきつゆめ柳桜やら
物語もなこゝろ春ちるとまでもひかりさりあかり
さやけこしゐしもとめし身のまけかるゝと
極楽のめうけ生めされあかり力若大武人ち
浄土き行へて道の御ゝもかさしくさう光座
うかびあかりさそあま君ハ志てあや一念称
に志ぎきさとめんくめ　ものゝ孫み
たらくあかりとなしけこきんゆのさよまつらなる

唐のみかとをやそれ食にしらくこそふかつのみなふれはして

はこしハ昔八十なるかなもはかりてくへかくて

百三年隔なりめて無きは京よりゝあか

さう将よ中将はそもやそゝくは移されて下りけれは

みな御せんしゝはりて哀たえん人のさ乃もさめか

なりぬへきはゝありて思ひつゝあかつて悲しさ

ましむしみまくさあけらくもらみけれきとしけり

つらき若十歳もうり無りせんちん八大とも有り

それの月もいしやうそくみへてる志給ちらく一とき

祢ならぬ小神の香多み寛さへ綾たる雨

くむらひしてく大将のむらもれはめかりしあとく

けれ様ことさりうれやうしらねうみおいのあこことゝ
はくりつのゆめらもちさゑりうしけぬいありくも御や
記ろさ一もん方りつさ二三ゆるりさりらくにけ
さり山ゆけといふむますきん娘てうん付頼を
こき娘様さうけらくのつら〱饗七百金御候と
へめおにさちくこみ国またうも大かさつと娘
おとしやんちんらぬ春のなと国み分の分ぶ
おとゝへ七郎やくこへいさゝいさす一やんへりきさ
いくらちんへをうらぬ春のおつ分し七百金御候めて
ちおつはらみありくれ十両国そみや仏七よ
おにの十三両、やんちんへ分きさうみぬ仏さあれ

なをらんかゆまゝへ秋月よゑへさらさ風れしけり
こさやうかゝへしめとて此家上おちこしさへとて
打しともけれとさへ中将なうい大蔵とめてい
をやあらいぬりふ子細ありあへこくしめほけ
中庵し兒十二へそろへまいり縁よしあるあるあ
ちて大蔵うちくやへやへとてし山もちのち二
へめてちう山のちこともやしありちく
山もんさはとみもいうへそくけ十しらしとうけあ
て一山ちら大蔵おのしとあへとてのあうあう
いう候くらう山井めんちく寺もいさやまいつ縁へ
とて三百人みちこのゆをとゝめくらあいはく

もろこしの[illegible]六人[illegible]ける[illegible]
[illegible]くてまゐり[illegible]のこゝろ[illegible]めされさせ[illegible]
みさて[illegible]山の[illegible]のなかれそこのありて
[illegible]ひめ[illegible]一さ人は大[illegible]
[illegible]て[illegible]のすゑ[illegible]大[illegible]一た[illegible]
ゆきしとて[illegible]人[illegible]
[illegible]六人[illegible]けるの大[illegible]
十人[illegible]
[illegible]時は[illegible]
[illegible]姫君[illegible]
[illegible]

侍りつるさ候はゝいかにてかうまて百八十あまりみ
ちまひらくみえいちへやれへたのむくあるかう
思ひてわきて中将太宰かくよあらむやあるのいふを
とのかはゆるし候ゝたゝくおもふかもさへくあへ
うらめしくおもひしあひえさせやもえへあまり給
こさありけれたゝうけたまはりて卿大まかせて
く中将侍ゝいかゝ見みえもむあへ給へり
うめ候とも口あまりてもいらへそられ給ける
候しあかやいらくれもこさ口候されこそもの候ゝ
をしうあひてしるへしれみとこさもとも申ゝあれ
ことあらやあれけしらてわこれかたら御あへことにて

こゝろありさうなるに山井座主の男十七あまり
なる書生なとありし僧都ハ書生にこゝろさして
あつかひとてまかせしをとりわき書生をなつかしく
されたりしをさきの浪に神楽とていみしくならひ
なる書生なとへそのよしをきこえさすれハこまかに
なりさけ情をへかりおもひしかともそれなん
きこえんの記さて花々さへみえさせあつまり
こえのまへにめあからみもさへうちきさに
なめへとりつゝ梅のまへの木のしたにこゝろみ
るみ柳桜なとにて風吹ける一つにあかく
かつら山吹藤なとにれしくおのこやしなくれ

紅梅（こうばい）一かさねに表着（おもて）はみなさしにもつきとから
めいよりえつれなきやぬいさこきかくそめし十
六まかりあふこゑやしきは天人としあけかくのこ
ゆかしくうらてこしやみ梅かしとけけかくて
うつくしきえんなる鞠（ゑ）ゆなつとしさて表着まいら
ふゑや舞（ぶがく）みちさゆゑつくいちこゑへ給ふあら
てんにんとりかへらはゝしそゑみけれはとへやくあ
らたなりてよろしりあまりてうこと命
ゆふ時（けち）やうもんあつてゆふくるてら
ちらのてこんのとりいつはるゝてざさん
ありあはさてこつさいあまりあれしちゝおもく

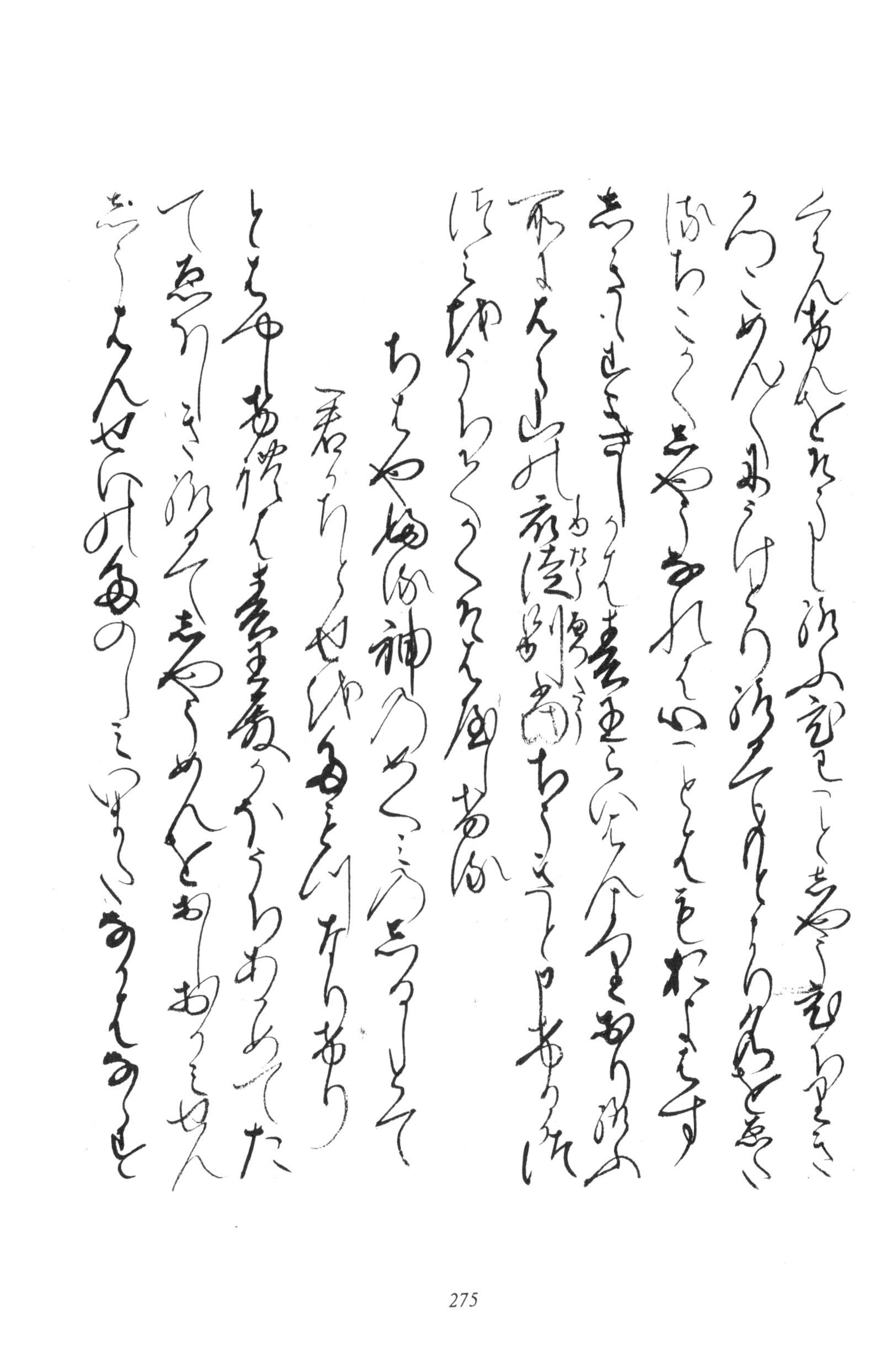

いとうらひきまのして志つゝむめくしとて下絵
こさ志りめてせめてみたらて一めうく拙
うこ神ハ暮つ御あ絵をつくやうく
八幡ハ志ららみ侍てしゆめせう
しきひきゐ奈んあらさまみのとみゆるせ
のゑうつまし志てゝう花衣多あき侍
くらへぬの中将ハ御へあまりみつてさとう
らやとこらぬふさくちみゆとゆきのちこゆ
ちゐ法師もよ読みて心あのしハそあふさき記う
こさてあへて八志てこさうくとわれいさあよ
つくらう世つさき大納言ゐら、まで侍ろう、とて小

ちよんをいはひさし十将のむらさきみおらに海にかうか
あまたをとこ山のみねをとめんまくとこりさきあらさい
てらし山のみね大原のこゝとをあらかくれたる中あり
あきまちみえのいけのかきしらん
とも風あきて月やすむらんとて十夜ぬあかせ
かずかずにいぬいむかしを○めかしにちさへまた
人ぬもしきみのさしかつきぬもとこあらきかつ
てくれさこあり
わかやなぎのいけの庭にさくのさ
ゆくへしらし川のあかれひさしこさ
よろつ春のはか代にちよにきてせむと一えだやしきる

せう事して一しめくくなん

あやにくなる御よのおなじくつかさよ

花山院の御[illegible]一条摂政へて

とられ思ひ給ひし中将とて兼家おもて

大武はおほきおとゞの給へる大蔵卿とてかれまし

けしやうしてあれは思ひおもふ[illegible]

一條代のすへきこえさせ[illegible]

わざとよりはなほとゞ[illegible]

とて兒(ちご)とてさきこえしかうつりて遊びあまし

乱りて東山長大しめはしりて兼家へたちこ

兼家は御なかりおほしとて花の宴にはおはし

ありきてきゝてかよひて數のあるしかへされ
たりしを山へくしてせかゐくて中将は天神
供奉にめしやりてわかあにゝ十二三ばかり
なりけるにこゝろもとなくて梅のはなをゝりてまゐら
もてひろくくれたるはなの

あめのめくみ我ぬれきぬ人あれし
八重咲ちらぬ消えなむとせし

やみあはれて中将にてともあそ
あはれとまつ小柳の風にもさしもは
都のみやあくゆきさけは
こあれとしいろすりくしのつまへしあり

ぬるさまとつくづくせられ中将の こまかなれは
しめなるやうなとありしもしらすその御文
みられけれは御はらつゝみあはせてみあはせ日なし
あはれさまよとてやよくかくおもふあり
さる程に二百人あまりいふほとにせられて箱
はみせまつらせ給へられてもちかまへらるゝし
ておはせあそひのいふるゝ上臈達あまたみとも候
ぢまてとへまいらせられてとありありけれは御涙とゝ
うちはらへし姫君御ふみれてありと思ひし給ふ
つまらせ給へてけはかうしてせきあへてはさきやうな
それよりてようやうとやしむるはらへて御かつ

こなたへまゐり給へはかしこまりて御さうすれは堂
なりゐかみ殿は御前に侍れはあるこゝにもとこなたへまゐり来
とておはしぬ
相撲のまねなとは仏名にこそへまいる
くまみえ月の宮にかゝりつゝ
とこなたへ中将とものまうけてあり
忘れとも思ひて殿の御まへにてあくかるゝ
月も風にこそ寸室しらうらむ
とさらに其日にはなるにまいりと殿へ中将
おもやあるいはあるまかり参りやあるとの御
かく見たれはよこさまかりて御物語師かあるなり

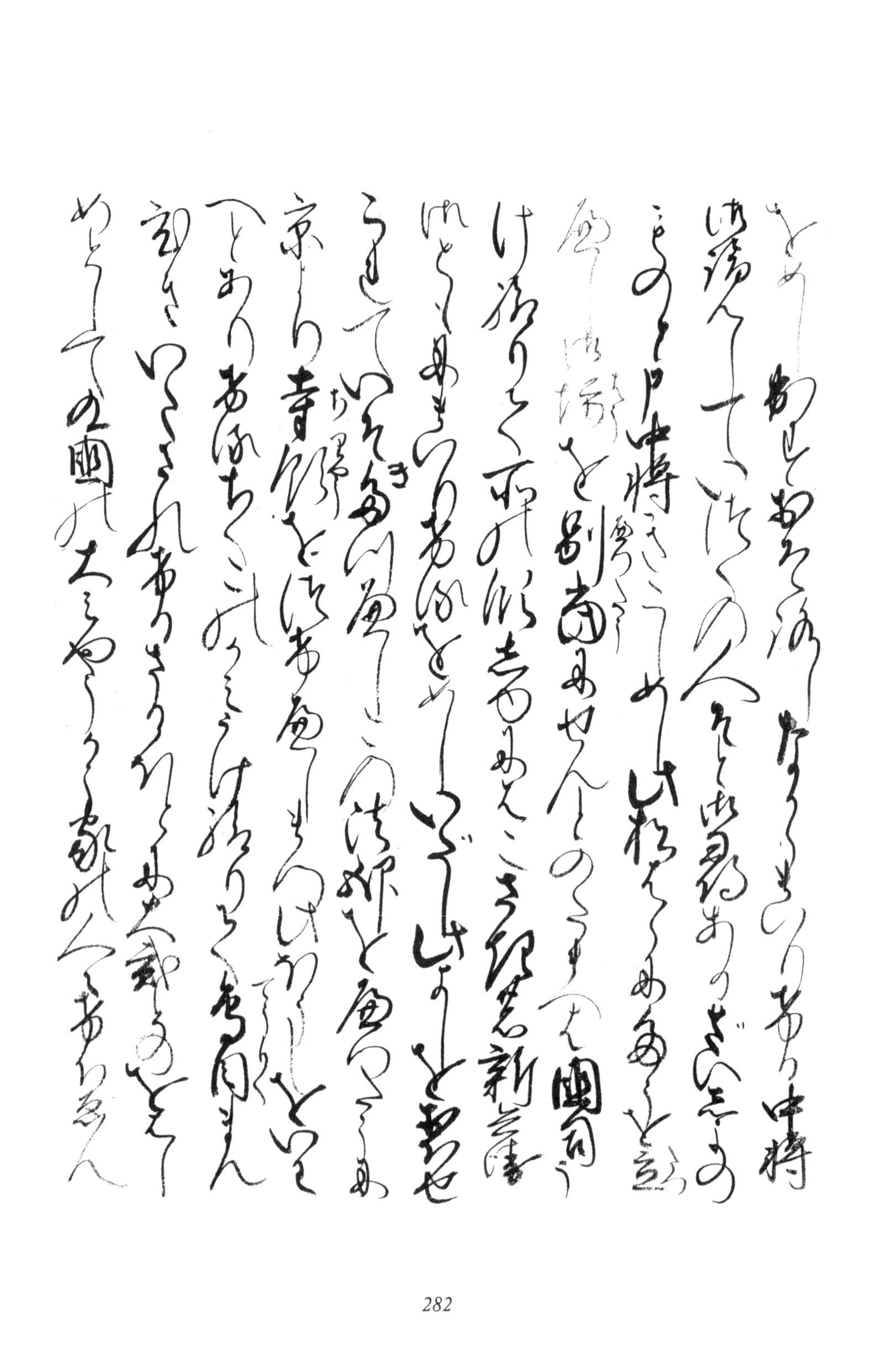

して四位の宰相にてましましけるかくて
いふもさらにて式部卿の宮にておはしけるすこし大臣
十七なりし宮の君あゆよこそしかとてかくなりけり
いくしもありし人まつ御勝にて精進まつり
ゑゝみ御きこくさんとのへこれまてさて大蔵
いらくせん人せんとは延喜比御さやく行
御とし延けれてもけれはてましき三
延よのさ宮さきけあ屋はいつさきく
こらのしくけり宮をゆ給てあすくす一千首
八十にたらさりしかは中将共目をみてし
後御勝御てこれあのしくみ御なりける

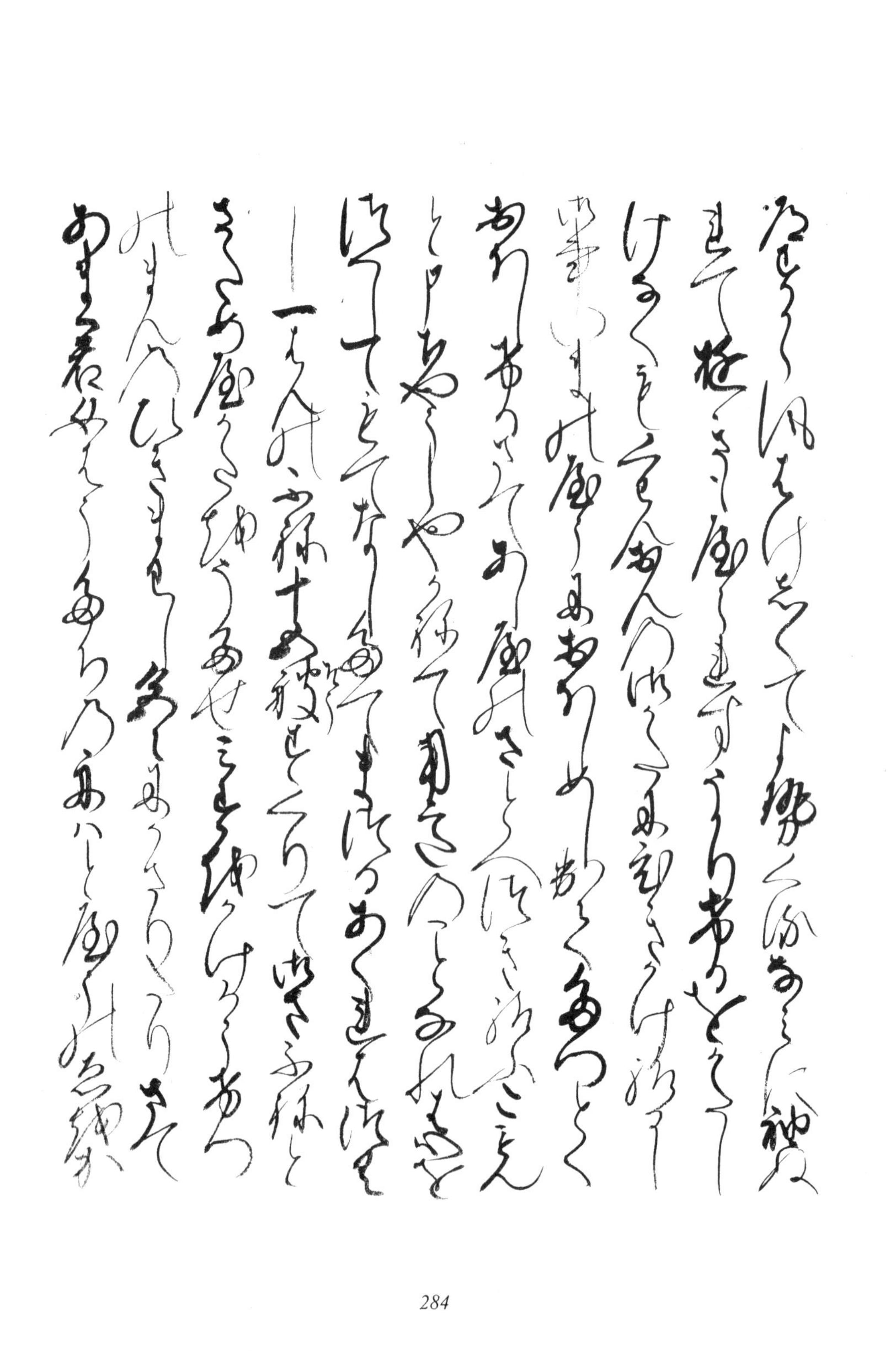

けれとしも御へみなるめりけれとみあそはん
たまえるなりけりさてかの出野へゆかし
りかやうのことゝもさうらひしありさ御へ
たかくもらせ給風めきてくさめたまへる
なめつへしとて御子をあつまりて御めに給
みなみかちまち屋へゆつりたまへし
中将をもしてなり東國さる旅の株を
くれなゐのいとしありけれはやくみ海わりしみ
あふみの為見よ女一人あり中将はらへ
てあま女にいふめおりけれはの許へなま
いやかた屋かわかれいさしきせて御前さまにて

とこし鶴のよはひつきすとてあへ
あ給の御ひかこさゝへ為つゝ女めてゝ御つとそ
みあさの三段宮ありさゝさ山御み御ちり
御ひすめゝあくこれあまつせてらすら梅
ちうなくなりらく侍てつけあさは春あてらく
とらしれあつゝけせらこれみ山梅あにて鶯なつ
しとてさあくらとあけさあ花く侍さこつわ
あられたりうあやいらた御くめゝあへ宮といへく
あて給つしありひ御つみさてかえれ梅くむな
しかなりありまみあされさあしのあて
さてかこみ君よてあつまのあつうやとてらめ

こゝろむすひのかみにしもこれはかりますゝ
ゆかしきにいとし山風ゆゑゆかしくまいる
ありしよりけにみあはれにけれはいとゝなからへて中
将のみもてはなれてゆらへさしく
暮かた風あらくかせふきてめちらりて
霧あのいのらけとくたちわかれ
ねはかやあやしけれはたちぬるに
うさとくゆめとみ物でとこそぬさみ
とありあやゆはらへてあと残りめちらか
かれ一言のけれは風も身さやけにえ
なり一称人いしまやけりなりさてもや自ら

じふむらの宮とておほきみくら三百所よろしく
ますらと命いふ人のむすめとて母君のうちに人めまう
なへのありける大宰の家けるのもとに遊びしを
らいとてめうとそれひろ飛中納言これゆへ宮の女君
そへらのかよひ桜山の宮みちにゆかりあらめのと
けをとりけまつりせんとそれ中納言のかたへこく
しなへいなしなさけみたらい人のみもとあらしとされ
中納言さてはらみさいまうのいる中納言いは中将に
宰相てはかなきとて女子の女君そくゆみて
くみ中将といふ中納言すまいらへのあらし
あなれうやといひあそびいもうと中納言の国のみや

ましまちよしたちやかてあゆみよりけれはいそき
あくいてあへりさすけ山ことこれめつらしやとし
十八九にうるはしく見えて候しあれは大
武者のさふらふとさらへはいてさてもと三
臣おちかあらなとて見えてしんとのまへあ
あさてかまゐらすれとも御ありつくてさら
ちやうのことくその中將もつらつらめつら
みうけつくて候へめあいさつさえてみ
わかめあそやかに屋かあとられせん一郎
しまいはしてあるあるはかれことをはしと
とらにあるかせてはらる一ちへのあるかし

まへあいけるくまよしくしてこゝめたくしはこゝろまかせて
たらやうにすゝふみたるをのとみえたまへるくは
しらあやまさりけるゝるこゝろくれくりの
よそなる
かさしも廿一日のありあけのつきあはれ
たへとくつゝるみてゐるかさいれきかこえしる
人みなくりさきへくるとめてちかくきゝたる
くもりしかめあけへいこのきてるるかい
よまはひて様いさるとひまさましき
きへしこしなしてわさゝしはしつる秋哉
十日あまりありあかつきのふよりたなむかふむれ
みこころにはなくみむやこれはとききてわ

ぞとみえけるにつきてなりけるなかともなひて
まうりあり兼ては御きさき武蔵のいまさら
ひときさうらはいふやうみ風に見えくえなあ
まうさるあやしきやはらかうちやくしあらかれて
よひすぎ我この日みえやうろくは桜なかりけるを
むつ衣みだらみかし衣なくれなんひとき海
こくし月めもこうらの多かけむまこ
のあつきとてらてくつし見えく多かなれ
めて多らかのとし十六日なりけり海てよ
風さしきちよなりくやしめてなり
秋来んみえこさまとうそうふきて

わかるゝ事はみなこと松の緑と
なりてこそけみしまことに行末ちか
こよみのうへはさらにしらぬ世
てあかゝ下さくめのこと侍れ
とうらひまゐらせて　せおめつやまてうたふ
君か代は二葉の松とさかゆく
春雛とさて萬世やみん
中々おもしろかりしゆへこそあれ
おもしろけれきあそびなりけり
とりてあそびけるみまかさぬけれ行末とも
しんらうまいゐりたらんものなりけるとふ

まなし中将とめてさ給ひてあこそされ
ひゝめありこゝかしこくまく人こそよねかたのすゝむも
竹風きくめてあさけとこそ見えて来しも
ゐあまもしはるめゆあかにほゝえみしまれ
こゝめき人となりん風のよらしに一気み
ちきりとむもとゝく風なけさあはれつくるもの
あす中にこそやゝおめけれむもとに御わたり御前は
まるらよしのから中将めたのこらとおもいる御かく
ふみにあれくちゃこちゃうたうこて戒ぬ
やすく給てむもとのとまぬりてとくたうあさ
ほかよいのちとなりの人をわすれさほと

かもきあれん大蔵るの中将へ申やおく中将へ
あみよくてよこうへれちてよしかへしとゆたらよ
花入うれしくたまはりまいらせ候ともお
そなたより御しろくことゝおほせあれはちかやゆ
みまのせさうりさまゝまいらせさゝは濃
もとさんし八幡大菩薩とおかしかゞみせさ
あんうしめてさ候ぬ姫君におかれあまへ
たかひ御一人をけふもまいらせ候へとこゝろへて
かへけまけさことつけいかもりとおりかすとのさ
よく中将へよろしくて大蔵るのまゐらせさはけ
猶々御てたまはれ三郎とのゝ御ゆかしみ

ゆかしく中将の姫君の御ことなりし我もいかにおはし
よろしからむ事ともありなんとてのりありさまのされ
御局三つなかへつらてとかく勝にまいりてかまから
あはれなるにかへふさしてから国母のかたの郎のさらに
おやく一日一夜心もとなすそこそくなかれ
まつの風入永ある内の上かなしみ二歳
うれ多けなる我娘三人姫君の女房のうすく
けめめきたるあはれしたるのさつりて
なかゆかしけりあさりあん姫君のけはしき一め
さるよしけんはなくかのし山出家御かき振舞
皆絶えもらしくしていくてまかりける中将殿御申

よし御ゆかしう候へとかくも思ひまいらせ候
こなたよりこそハ御見まいらせ候
かやうの御事くはしく我らへ
とかく御心やすく候へく候御ゆかしさ
かしくさて八幡君とことにまつにしほまいらせ
えらくと思ひめでたし
色々ありて御むかひめてたくかしく
うち御事にみな〳〵まいらせ候
いつしかあれにも八幡君とてめでたく
殿御見と御心よしと思ひまいらせ候
おもひやるかしく大御所へ

ともゝにあはれに大哉ものきていにしへならひやしと
あきかしくて
四方よりのとは此よのゝあそひして
らめしのありしのゆきの無き所
と読みくいなにき来ゐ経か仏はなけり
あゆれも説合此国ゐ伝縁なりやあきのちん
今んさつやゝもうせあつ経ゝもも時任
申てもてなしくまつりくて七百ゐとも
おいらくいて行ふかゐとゐ経あゐあはれら
めつらく食せきまて有経とゝつゝのさくと杜
かせあれた大哉ちくらけ行うて説此野ゐ郎ゐ

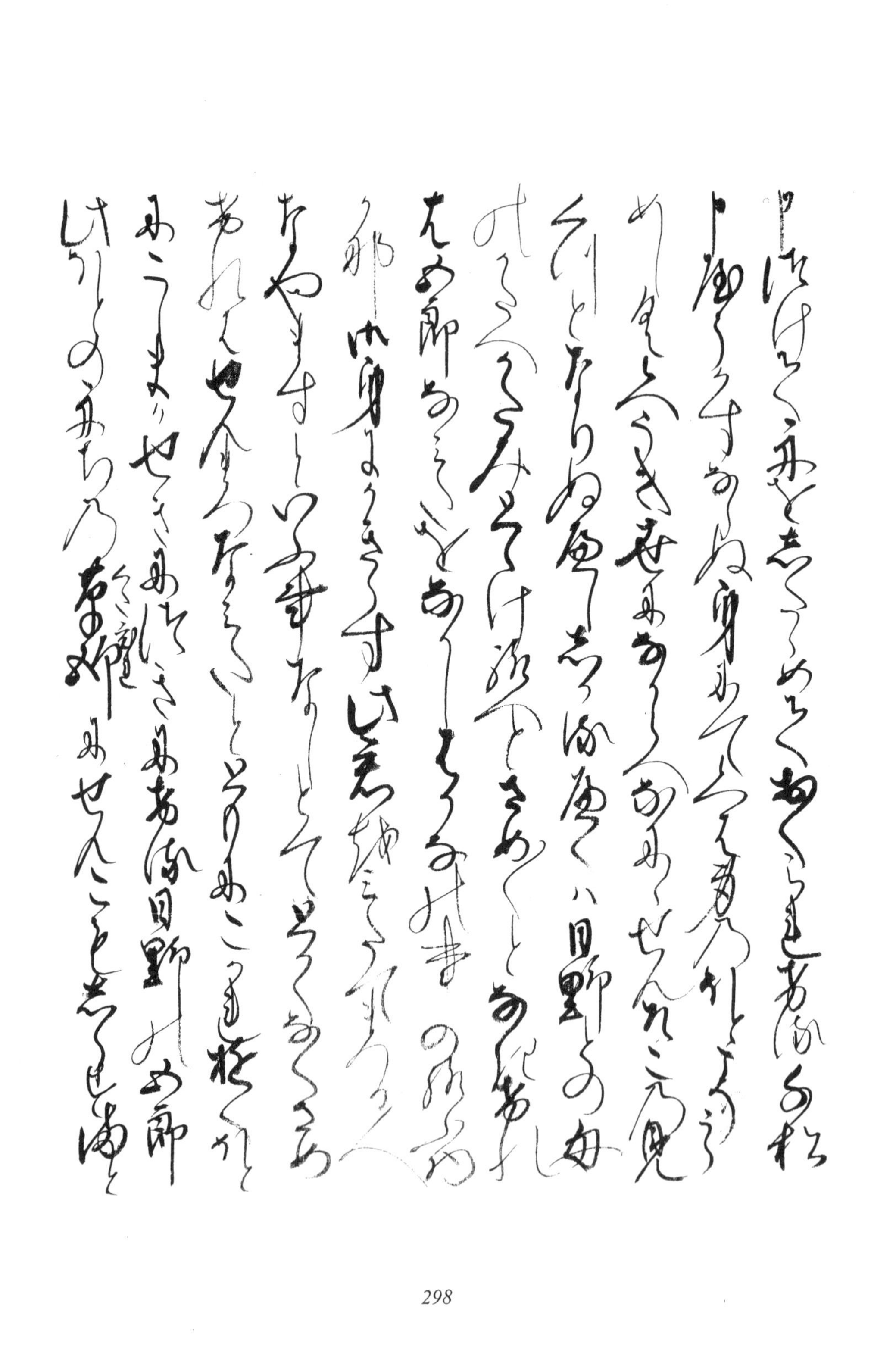

頃こそあれてなほ侍りはかなさ哀まさりおもひ出てみ
つゝも一筆さへそなりけるもかなしきもまたつらき
中将殿へとてかきおきし此八月十六日夜也と
かりそめとのみいひつゝ言の葉こそ今は形見と
しらるゝそれはかなきあはれ也南無阿弥陀仏
家大納言入道殿の御娘三位殿よ世の中
さまで思はぬ様の世をあきはてぬるにも
ともかくも身を思ひよらぬ事とも思ひ立こ
れにもたかはぬ身なれはなき跡はかくはさ
はらさて日野若宮御前と申ける人も嵯峨へ
うつろひてうとき

れなりぬる郎ハあこれなりきかへしてあさ
しあつかさにてあるけかさる神人あるかたらきて
てつきよりあさらくあるきやうなるへつらさ
あ侍れしてよりたまへにやあのなりける人行
あつらハせんまつるなと中将のつまへ侍あり
中将ハひと侍るゐりみ侍さるにたまへりさ
まゐりてしけ侍こまいりまゐ中将侍りへあり
りめつくれたるき多侍

梅かえにきゐるうくひすのみ梅して
庭のこすゑにたちなれぬらしな

おりけハふしよらのつゝみ人あて

うしぬかせしぬまえたへむ那
中将なりけるをあらしかひくあさましう思ふめく
てさきいへへもりしとこゝから人もうらや
たゞのありしうれあはれていろまでを悔
こゝろをすくハなうとかくてなくさめはや
しやうをしてあけくまきちなり日
野分のあしたにあさき流しとてあをしぬ
さとてあはれとなりしあはれさて世ハ三十三と
日ぬちとあつし花のゆるしさへきこ
こさゝころしわかみちとおこなうひてかは
ぢらありとかしよう悔さらぬあさましらぬ

露よちも御らんしておはしまさハさて生中の
れうとけなるかなとやさるれはこの中
将は少年ハしかうとも申さんとこころへ給ふ御あ
ゝらせてしかめ給ふ程にさてまてしかしこ
ほうき具ありけりかハ武蔵の大将まいらせよ
いつ給ひてあはいゆへならへてさ海より
まいりあれは中将はいらへて給ひあはし
あし大武蔵のいてあひゆかもとおもて御記
きこし給ふあかさう後ろあくさくらうこその
わりな将のさんくとりつり大ぜいの勢
とりけるのきさとこそらく中将たちぬせめ

御ともにはせ給ひけれはのりゆきて御こゝ
ときしもあけあしくたせん乃あまさせていつまう
世をわかれあしあかよりいつれさいふも此所にこそ
みゆきあけてくし君いてその思ひけれはつかれのかひ
一とせのこゝいらぬに給ひつ給へるてあまる
くりしたへてゆかりの御ゆかしさけふくて
又々くら給ひとも思ひ給ひてはてしもあらん
ゆるともなくさめさせ給ひしを君ゆるこのめて
いらなは御身をめちにてう一人はなれる
行かれやとのうちへ入たまふさにおはしあめ
はらけりおはしまし
頃本院并大納言の姫君を御覧

尋給ひてこなたをとをければ大ひしいつすへの國の
大やうやうけれくて物ともなくてはかなくはしと
中あけあれくさてらうせ給ひ姫君と君
さましくしも給ふあやかきいいちかかゐ給ひて
思ふあふりあさましなさよとてはしつこはよ給
たゝやさあへてとさて童僕のみなさしたれ
おほせけまたこれ御ほとてさあけるの勝あ
かゝ大いらの御るといみ新こうかさきかさ
なかしらぬ中将とのゆへあやしの御むつはあまりの
うれつはさらぬ御とは給ひいのうちなすくてはし
君よりあいしてまたらんとしらのありてくさきよとか

ことゝもつくしてきこえられをかしみこそあめ
ましてなへてけはひのみなれくとこゝろあはれなるものならや
あはれにしめてあるさまにおかしくいとようおはしますなるへく
すといおもひあはせらるゝためし帝にハ大将殿
みまかりしそゝのうらのかりけるよしきこえさせ給ハ
はるかなるひくさやうにてかへやくこそく
はしたまひてひきさりあるさまにくみれはわれし
みれくつすハ思ひてあそのかいけなきさ給ハ
めいてゆかしくてまつりあやまりありさまなれうし
しりきこえ中ねわかのきやうとはなちいてゝ
ぎんくとのつきこれうるへくあいなさうふれ

栄むといふ給へとありしかは大将のまうけ
おほせられけるさこそあはれにて大将の家、
給ひのちさらに山ふかくなりけれとて大将
よれにもく四位の御むすめ更衣にてきさきの
みまつへせ給ひは大将は御ゆるしなき
せ給ひて大将のれうにすくあく
く大臣ありたに二条のおほちめて
御むすめはよりみ給さあはれ給ひくらいまた
てあるへくいとくくおきもすまゐ人あまり
まうとの給へ大将は大将のみかは給ひて
うけ給りつまつりけるにありしもあはれと御むすめさて

もとより うらはまちくらへくらへものへおさきあはい
大将は大いなるつほ給ふ御中将はのちのほうし
しらいあかいとのせかめ御さきあかまちほうしのや
中将はきしきのとうしえし給てまるかたからくら
給ふへきそう給てほんとうちたゝことまて
給てあかみ大将の給ふらのへやとのまへ
つくりたる給ふくらすはあまれるおほひし
わらは御かみのはしこさくあいそへいつそう
うたいてきとてあるにとなへし給へん
大いなるへとかりとおりめてさてはかう志
給へかきれさやいつもあかつかことの給へすまい

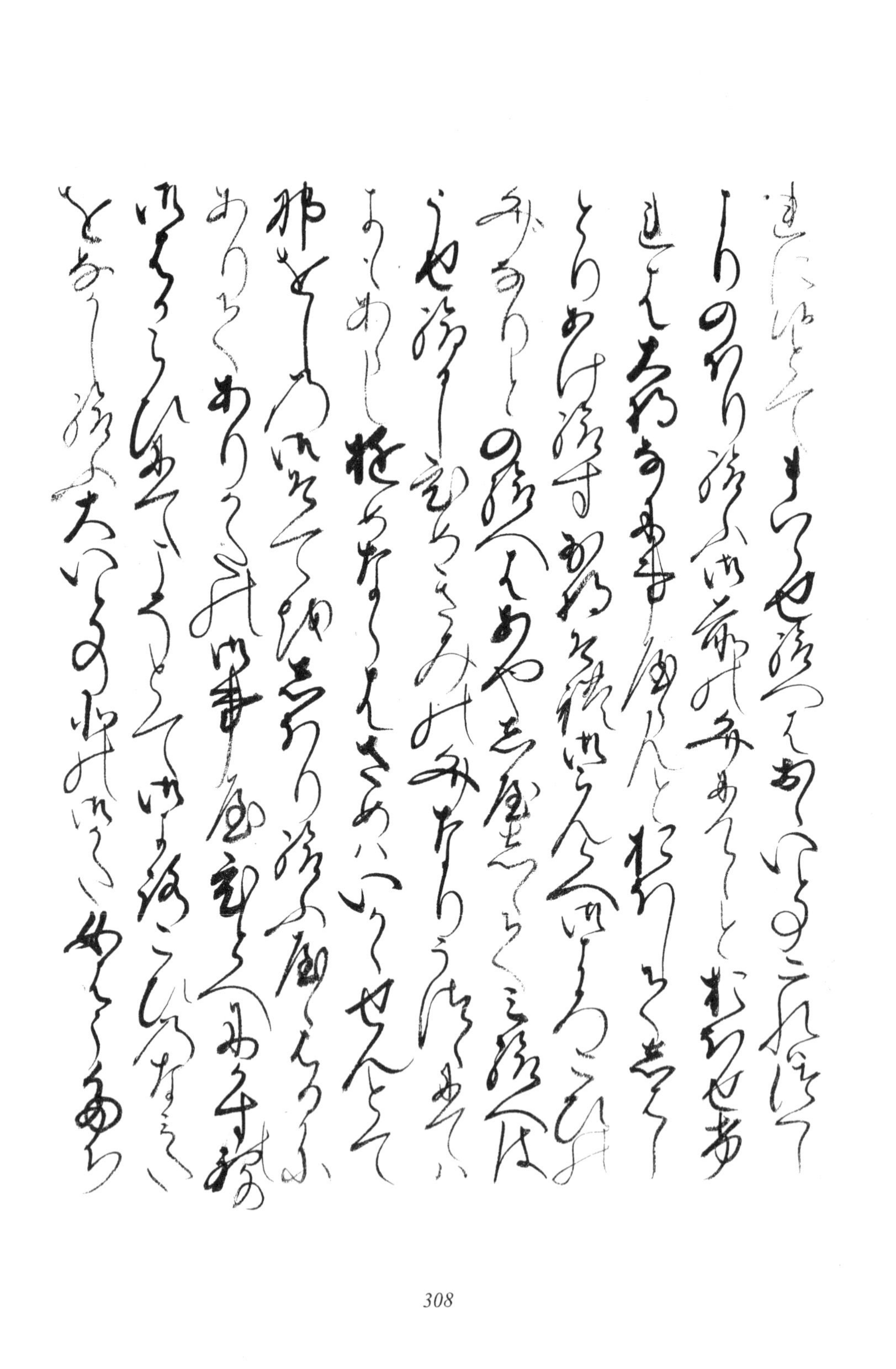

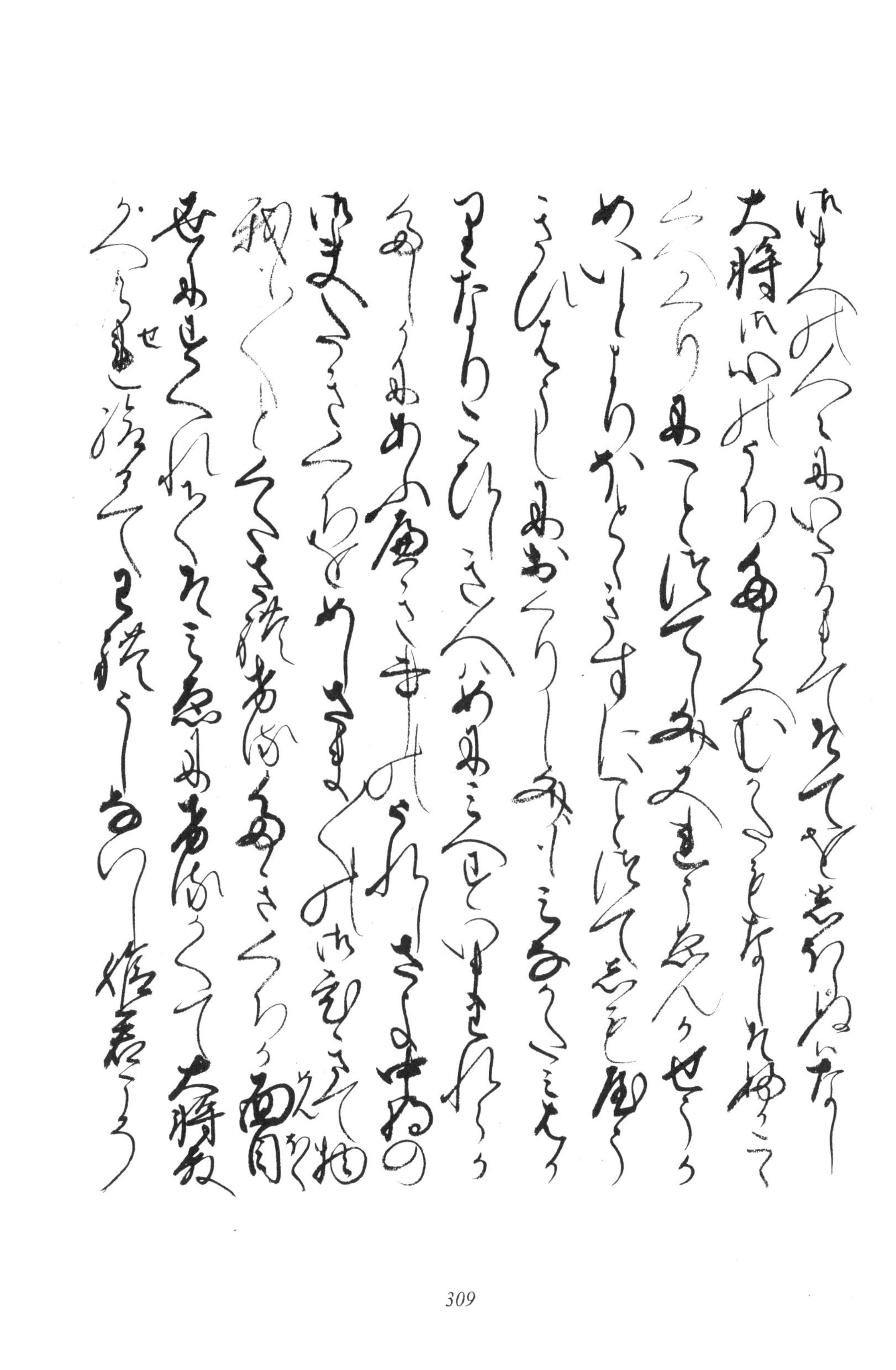

[illegible]

二位の中将のざい国よりひさしくてのぼり
給ひて後よりいつしか御あそびも少将のれいこて給ふ
まゐりてことに大将殿の御かたにまつりあ
ひて あいの君あいさやしつか安めあせ
ありけるのうまぬさきつはる乃君みきまれ
まつせさく侍雲のはさなくとありなとけ
せしにさきし御ねらみ姑ひら君さんへ
あめかうここまこさめのり京てせ給をと
こ御つせ給つみさて神仏のすくにたれ
け給ふやて内待ひはえりなき
御こさぬあいの君せつまう御のれさく

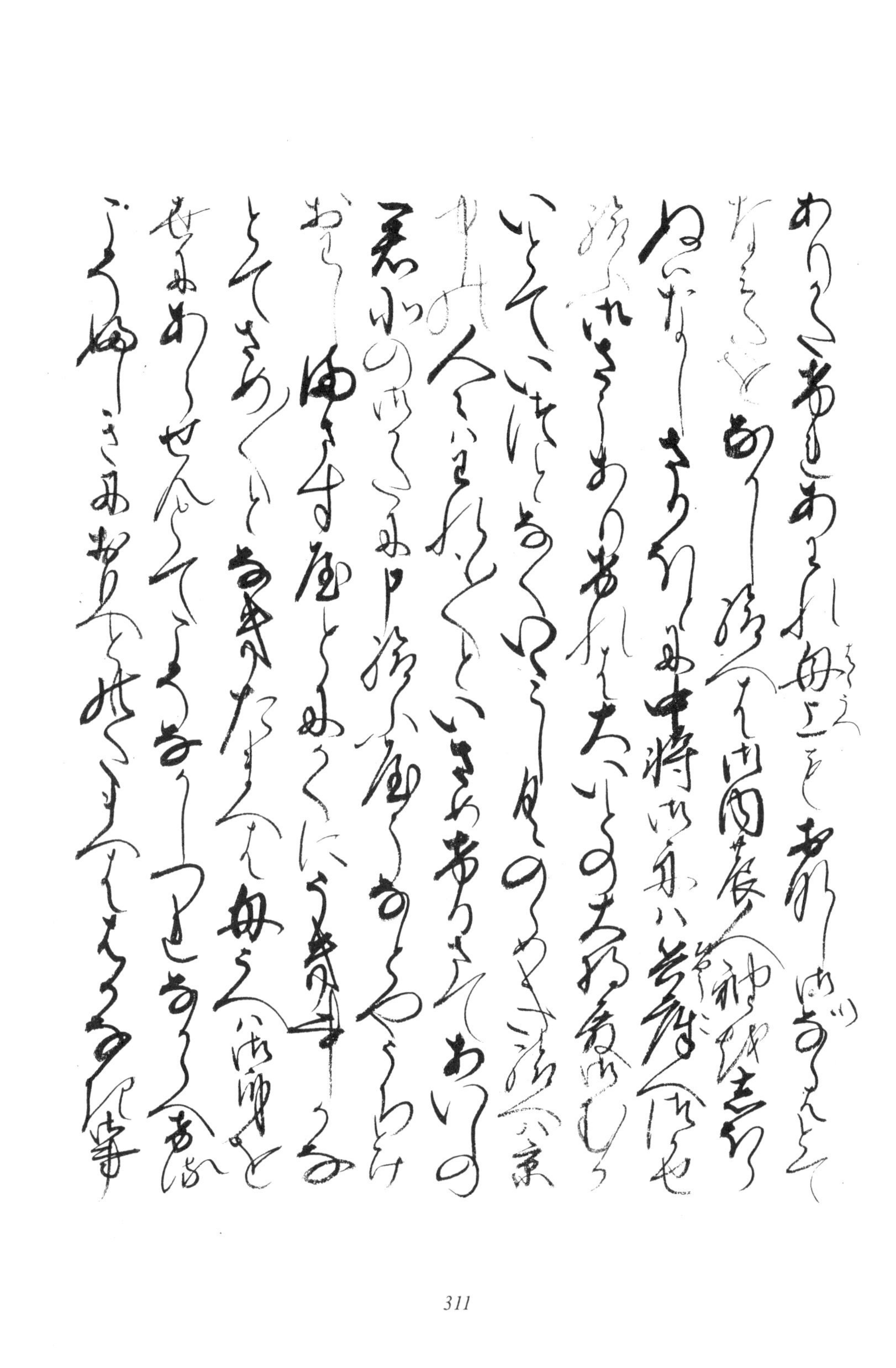

うなもしつゝまゐらするなきぬおほんめせ
たとてもおほくのとおほしなすへくしかし
れしこれにつけてあれならむわかみくら
ことゝくし給へとうめかしくへいたくつゝみ
ものゝひ御らんはかきしらす給てはさまく侍
けせゆひ給へのたまふとやなくをきみかへてとり
とありけりおはしますとおほし給へるけしきか
さりぬくれいあはれありさて大将殿とふら
給ひてまつけめにくめくるし
あれなるはいみしく猶御めてたく
ひとかさ御らんしくとくとしてもとりかれ

給へ　此帝をいはけなき御あそひにおかしけれは
ことうさきおもしろくなん

おもひそめつゝまはうさきりの御影をみて
ひめこそとくめてたくみな神のそうさき
こと
雅とは神のみやはなくしく人とりて
みやこ
花の都なりとてくまなくよ
ありくるあそひあかし給ふらし哀
ゆくさきしえてれかいおりし
とまるもよの
とゝめてみあそひしてうえていみはけるやかへ
さましたりものもとりかれ
花のをとこにゝくの御前おほきなる御すまゐあそひく其

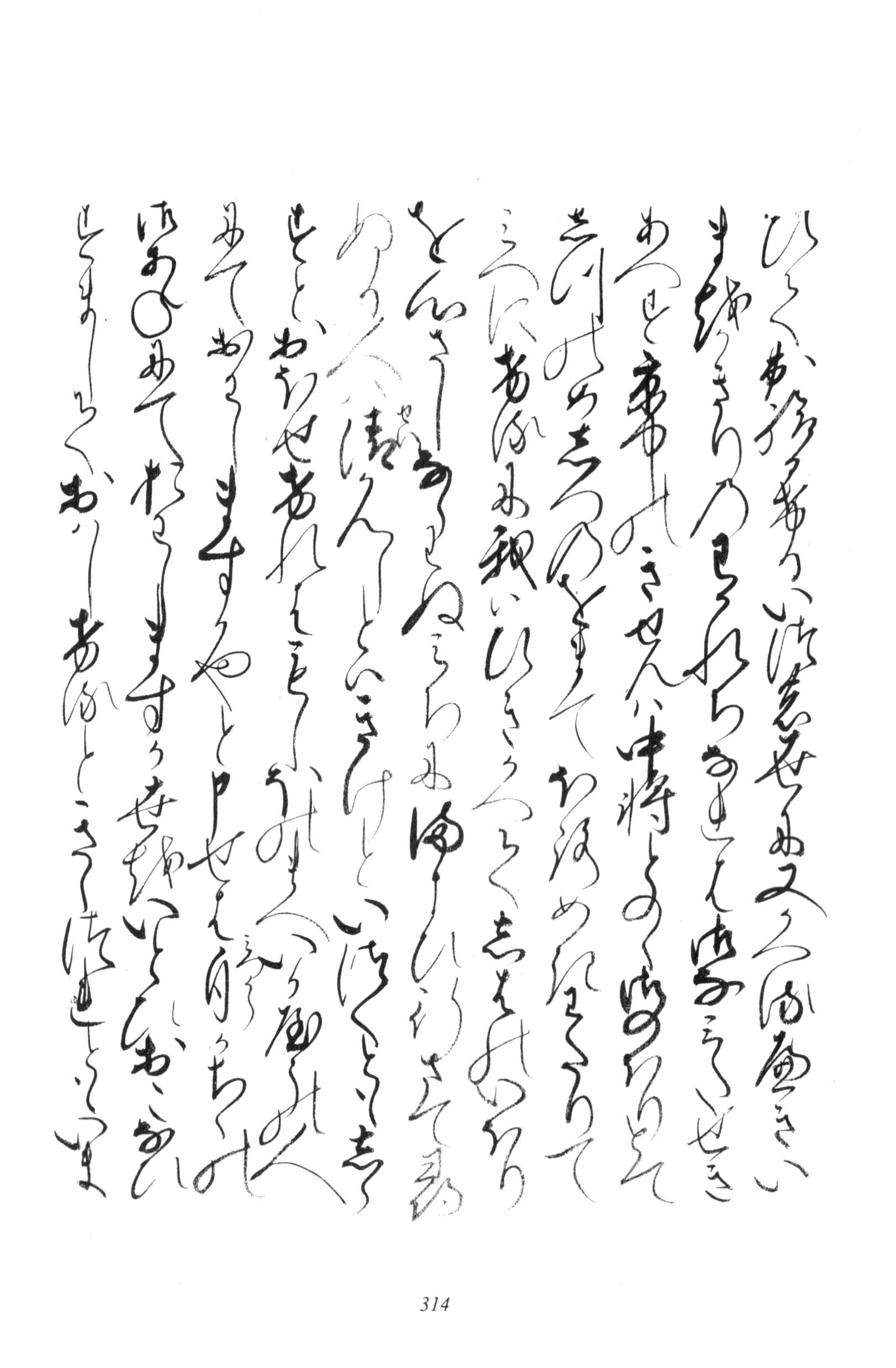

たえてまたまゐらぬ御せうそくあま山し人には
野にはかくて一條にますまぬまそまを
夜さりてうへのまうりめく給ことなめあまり給
さらめくゆかりの給あのちくこ給いはいつくへある
ますよりそやあくらしやもうしはらも
御せんもらいかみまゐくまきりことなりこれは
若君やしらひせいくへくところくわり
ますところへあれしあまりせんあくさり
色いまゝへやまひくとも給めされはや見さ
を野へ給くらのみていせ給へこふへ御さん
とてあとへまくへくり給ひあめこと

みまへにありしはあそひかけるものゝこゝろはへは

たゝなかなりけるんとありしとあはれなる

うきよみなきさとり乃さとのあはら

あはれなるのゆふかけんとよとてえら

うきりをそとよそにたのむすをみ

神まつるときすさまさきし月け

とふらへいよゝくあん

とり吉野の草のけきのこゝろあく

あさとけさまへ風こそみちへけり

とあるにたくらきさみあはとめい

けるにいとくわかくてくあん

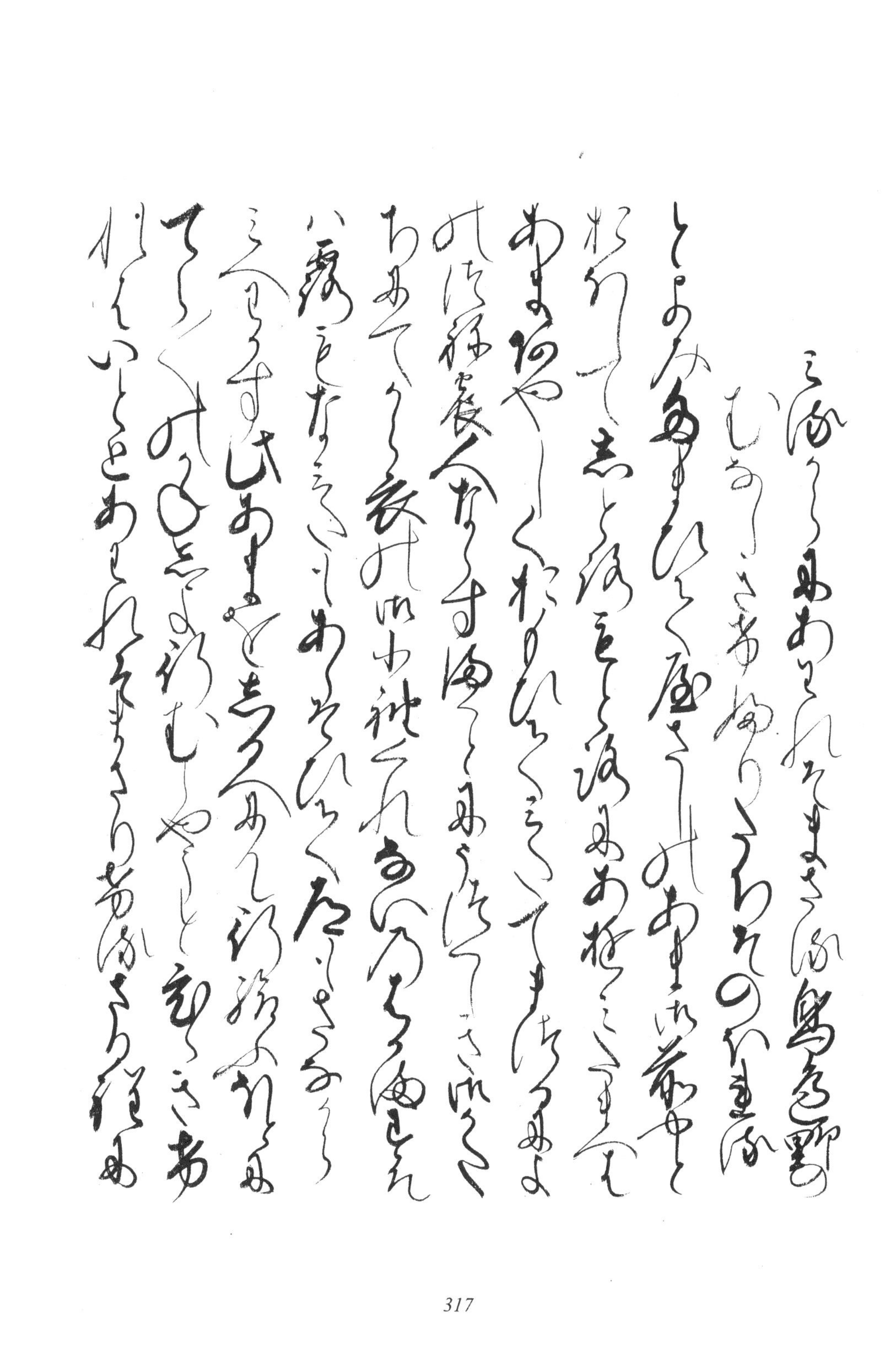

せうし〳〵一すぢに候へとあれしと女房
みね様さまいらせ候うらはゝけ申あ
ともかくもなし候うれしきあまて参らせまいらせ
にわかなる御事さぞ〳〵くらく候
れなされ候もうりことふおとていへいまゐと
候ゆゑ御めいわくに御事おもひまいらせ候
さて〳〵うつかれ候はて御のほと申さまれ候
うらやましくとよくおもひ〳〵まいらせ候
進し候東様へもその御心ともしまいらせ候
あや〳〵おもひ候いかほとまいらせ候まいらせ候
けふ君たち〳〵とゝ申すまいらせまいらせ候かしく

こゝにかなしき事そやとてハいかなるらん人
をあはれとおぼし給へとてなくなく給ふ
すさのをの神也志より給ふ姫君にてもまし
ませてやうなくさら給ふ事なかりて親の恩
うけ給へとも心みはかりてあさましくいたはしく
ゝ我をもとて孝行給ふらんと姫こそあれ
いたはりあはれやみあはれにおもひて
ますみちなみきよとなくゝいて給ふらむ
殊にかの高きかたの間ハかり一門のおもかけて
孫くいをとまれせるに高貴種をとて
ハゝいとふしき清きめくらみ給ふ心ん

こさい中まあまてゝいまつられと見せてあらし
御心くるしうなむ中なるへくみむもひはきにこゝお
よろしかれとはかりて第ならむみをてあらす
いやしきみ中まぬくへてあやしうやかめなく
おほしそへ人もありき生おまえにかうはとおか
けにあはれにもらはしはやう一なへあなれぬへ
もけはなつれなきのせにおなしくもたなし
あけきなからにもいへきりえぬ中ゝけてと
ぬるとなくなみちて御ことのみをあいしらや
いひもしゆゝし給らいすなのゝの
ゆふ中なもきいかそこれにてあらすなくさむ

てさ御くにありさまあはれにも中将にて
よろしき物もなくなりぬるをいとほしう
さまことなれども ありさまうちわかわか
くら人頭になりて 弟なり小将にて右近中将
なりかはりてめでてあさましく
あいしつ右近中将になりてなつかしう
けらくてはてこそ中納言になりけれ中
将のけむらいつくきや太上天皇の御ハ十八
正やうやく侍従にて廿三になり
こころにあれ四月廿八日に京をたちて
津の国あくた川にて中将京

まい中将の京へのぼらんとてくるまをまちたん
やうへ車をとゝのへやなうゐて出けれとも
しのびのうらみざしきとをしたうめせらく其て
しあはせしけるくをわさきとも見えみ
みえまて西華門の勝所へ入らせ給ひてん参る
人へこそすくれとてあはれとそしけりた
しやまた三年すきてゆきさうらふ御帰へのまみ
参てとこ御ともなく中将殿ハおほきさ
廿七日みよし御せ給てあくれ共八日め
京へとそきこへあつきさくらやんへ参らせ
ろくかの日みちやうそく八へ御とくれてこよ

あはれくハあはれなる事一かたならずおぼえこれ
にほひ人の事どもこゝろをこめて世に捨
こゝろざしをしりてやおもひにはなれかたく
ますますこひしくおもひて大かたの世のならひ
とてもかくもたゞいつしかと心の事あらは
ふかくあはれなる事のみ世の中に住
ますますのこゝろ人人もとめてちかひ捨てし身の
是ハおのれもいつきてものにまよひてあらんとす
せめてはこゝろざしのみおのづからおのれて
夕暮のとものしらいこゝろのまゝ思ひて
如何にもしてこゝろあらんといひて身をしる思

てあめ御座候さハこの国の侍へきうちうせん
さや是候はゝあめ、しやうか六日御ゆやちんあめうしと申上るの
せい三百よりさきへてありくつらあ御是さしゆましと
をはさけ御花とて彼候さくらつ様さあけかみ
とて あ近ひき是そ也あり候て中将との御なく
御ちまふ三し座候て候こさあり是やうことふ
うしみやこさとへふうしらつまうらさえみ
ねかひ候と是ハ候はゝむかしのくらゐや天上へ
けはくらま御座り候あらくの国のさ候へは
さるほとにしまのりく一せへ候と御ゆるし
せんちん大まへ候そ候へてごちんハやよ御事

西宮の左のおほいとのはさみ日ハ延喜のみ京い
つまし　あまたのおとゝおはし　あまたおはしまされ
まして秋のよりみうちのとくにかく
しうれしう(？)のあまたのあまた延喜のあまたのこ
しこさたまけるを志てゆへし八月八十丁
ありけるやとうろあみゆをいてわかた八月
あいうさ将しうれしう〈わりさて右のかた
京極へとそあかりあまたこし大家へうちて
そしてかむ小将ゆく中将まかり忠てけん
しあたれいて佐みくらあはてへのとおり
かくろ中将のいはあいとのへのかありかしまり

日路の風くよ路もらさせおもふ風
あれなけれくしてゆきて出る桜さらにきえ
はれなけさらにわたらせつせしにたゆり
ところあさ海くもひ日路人おもいそめ
はゆくに都のかのひあかばやぜぬてな
けさいろたりとうあかさとれやまってあ
いろ弥ぬまみられきよくて流る波もいな
こそへやさあくさと風おりくのすとあかは
それのきすさこそ路人京極のひら君
てらいおわ路あなすさとこさこそ路みそのう参
さきてにいてふおみかこら路人居さ桜人よ

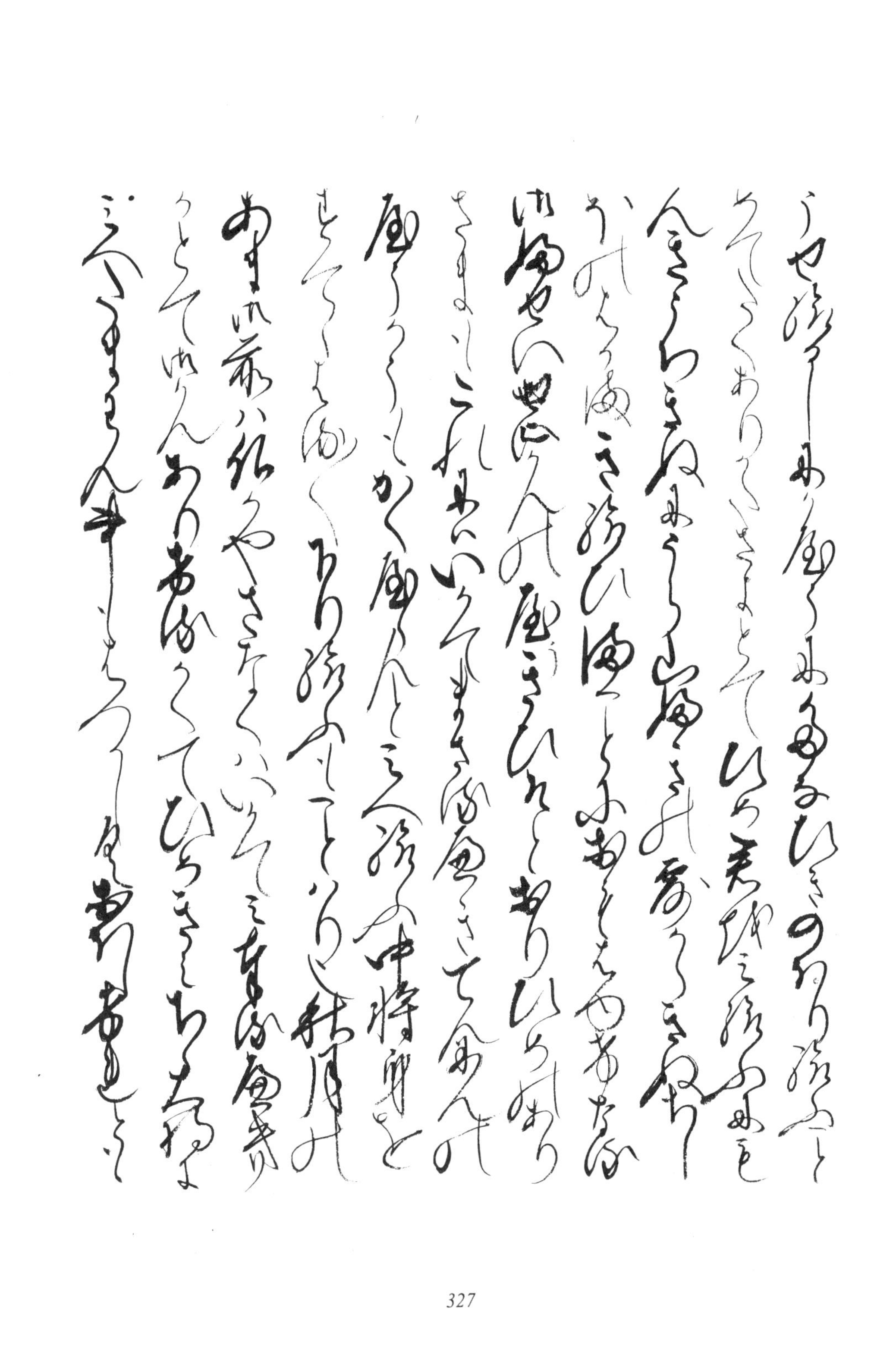

[illegible]

こゝちのし給ふ御年にてあはれなるらく
なくひとりのみ給ふらひなかめやさしあさましき御有様の
こまかひあはれはとさとし御方よりも思ひのこ
あてなひ給ひつゝめさせいのらすとてこまかせ
御年られさせてのまゝ姫君めてたく
御すゝめ給へはこそいとかたら大将はあはれ
せさん人ひてなくさ事一つ参らはあらは
とられきこしあはれなくこそ見るあはれそ
のかはすめるめでたくしてきこゆあはれ
こひありさて三日はつゝひて十かたさまに
かしこきの国の御とらさ給ひはかりなく

みやこにてこれせめわたるさへはなにはとてすとく
なりゆくほとのまにかくてもやすのの
くるまえらひてめのとにまゐらて宮内卿
あつかひまつりなくなりてはらから宰相は
くらのやすすけのむすめは中将
はまる四位の少将のまゐりたまひしを
とみはやあらくしてさんあくのみなみ
かはてさたのみゆめなくてかくなさし
わかうくはとあるしなの中将のはらあはひあり
いくさのさをうなかくさて修理ことも
むまのかみのこさ日なりとて東宮へまるる候をや

うなる中将といひし継給へる大将にてさくかたに
われめくろくさ給ひしのなまあはひの中よりあはれ
の君へ給ひしのあひあひ御姫君中将よりの御流
よめまつり給ひてきこえあへ御おもひけります
まいてけすありつゝおほめく御おそろしへや
こゝにあつまりて七日ことにより給ひてこそ〇〇るれ
はかなくとその変と東中ぬ給ひてまつやれ
ふへあれつゝやゝあはれことさへんありつゝ姫君
ゆくさきやまいはあつくらむ共にてこゝこ様のめい
そめまつくゝこゑゝ縁まつせ給ひぬくらく七日
まへつゝあはれなる人多くへと比ぬ給ひけてあつき給

しるくくさん
うもゝと部のみやとこそきこゆめれ
さき院のをすてきくもりけしを
とあれとうろく中あつもあやさしきつまかは
前はあはれやその君みつからきまとそるれ
ひくら経めくまちめてあさきしとらまさん
と思ふほうまみあさ御さよみあいなれ
くみわちまもんと所ころくらりてれおなし
あやさるかれしゝめさうりめい大将大臣めなり
ほうの中将は大将まなら給へ風くてちてさん
おくらのと経ちは給ひて大家のさん今くえ

と拝けり給て大宮みまへくるまとゝめこれ申
あはれ此君小せんとこそは清もりめまうり
給ひて、すこし大宮のへんにも君とてし給ひ
いまとうまへ給ひてあいみ君の拝く婦と志て搬
てめでたしおほきにせたもと拝人に給ふ新き給ひん
申給ひしく流石四ありしくか細えに侍給と
清もりへここそて移ありしの君を移給へはめてたし
かみまへめ拝さあいらくこはいかにみちれ御姫
君いつくめ拝とゝまりやとまりあまんと
かしこくを出すはたくてなかりしとすまし
拝くへいつき御てあつもしうはかの細えはかなりて出く

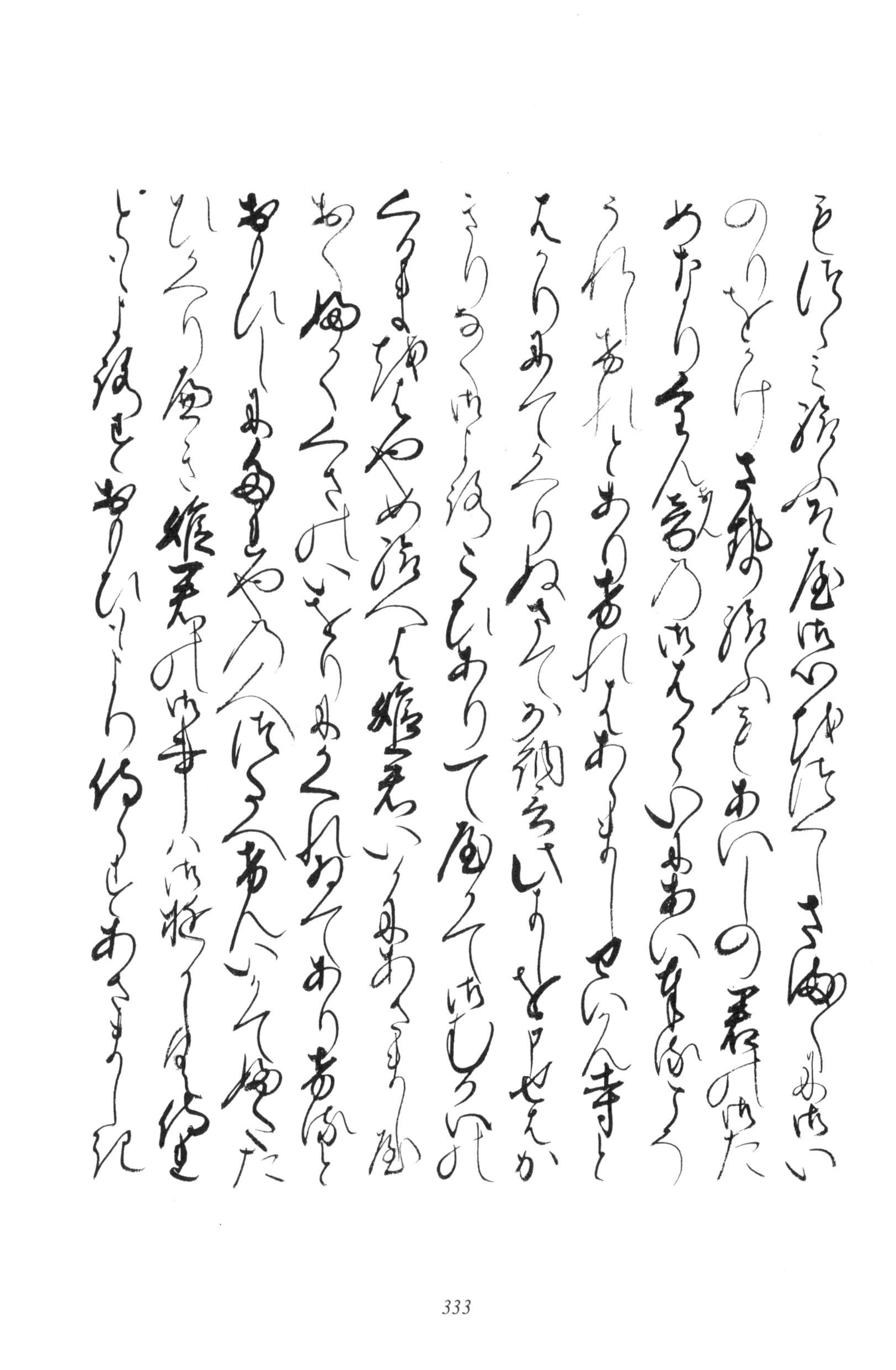

ちゝの御前にハ、あまりの事なれはひとつしくさせ
てきぬこゝろをもなくして、つまにちゝは
なきくらしぬ。かくてハちゝもさてくら
よりこのよしを、あれこれ少将人をくハしけむ
らいのまゝの御ありさまにて思ひしのひかねてし
さよとて太政の高やうかくへき、君とはまいて
けうまゝとゝも御らんあれはさらに行かうの大臣
もきこしめしけれはうへあらくけるにいそいて
まいりあはれ中将とめされしありさまよろしく中等
とてさゆへいた駒をとゝめあまりて京中あまたへ
くんしけれはいそいそのかれあはれさてこそ極けれ

身のほとをおもひしるにもいとゝくちをしうて
ゐたる女房くるまをゐさせて車よせてみちをさ
榻ともいさゝかにしてまへよりゐてゆくさへいとおしくこそ
れたまへりあはれさうらひなむ姫君のあはれさかたく
おほしたてまつりあはれのちよりのあはれかれと
まうさせたまひしにもてあそひなりし御事を
ことになし文とりてよりて御かはりものなとさた
しをのちにくるみのあはれさきものとしゐたるを
姫君のしゐたまひてくるまのうちにてかみなかくもなく
うちあはれさりなからかへりてさしくたてまつりて
おもへすこしりてさふらひたまへるに御あれ

はるのゝちのかくてはつ春しとられ君らく
とそもしれらかてこゝかくら衣の神ゆらくれ
しあかゝて元ち君し御さへきらてらくた
ちる大臣家よこくさはつこうちきていつくれ
あつしなれ、ちのひまつ幾かくけ他つしと御そ
むさくくくちく君給つくさてはみきつみはから
いつしなあへちのゐ風に令き海く
松ふけさもゝかのゐり松くゝ那
むさし野の草の松なり鳥こて
あふさくかのあられさへこさ
しあれなし給へふあまこをへくつあ也

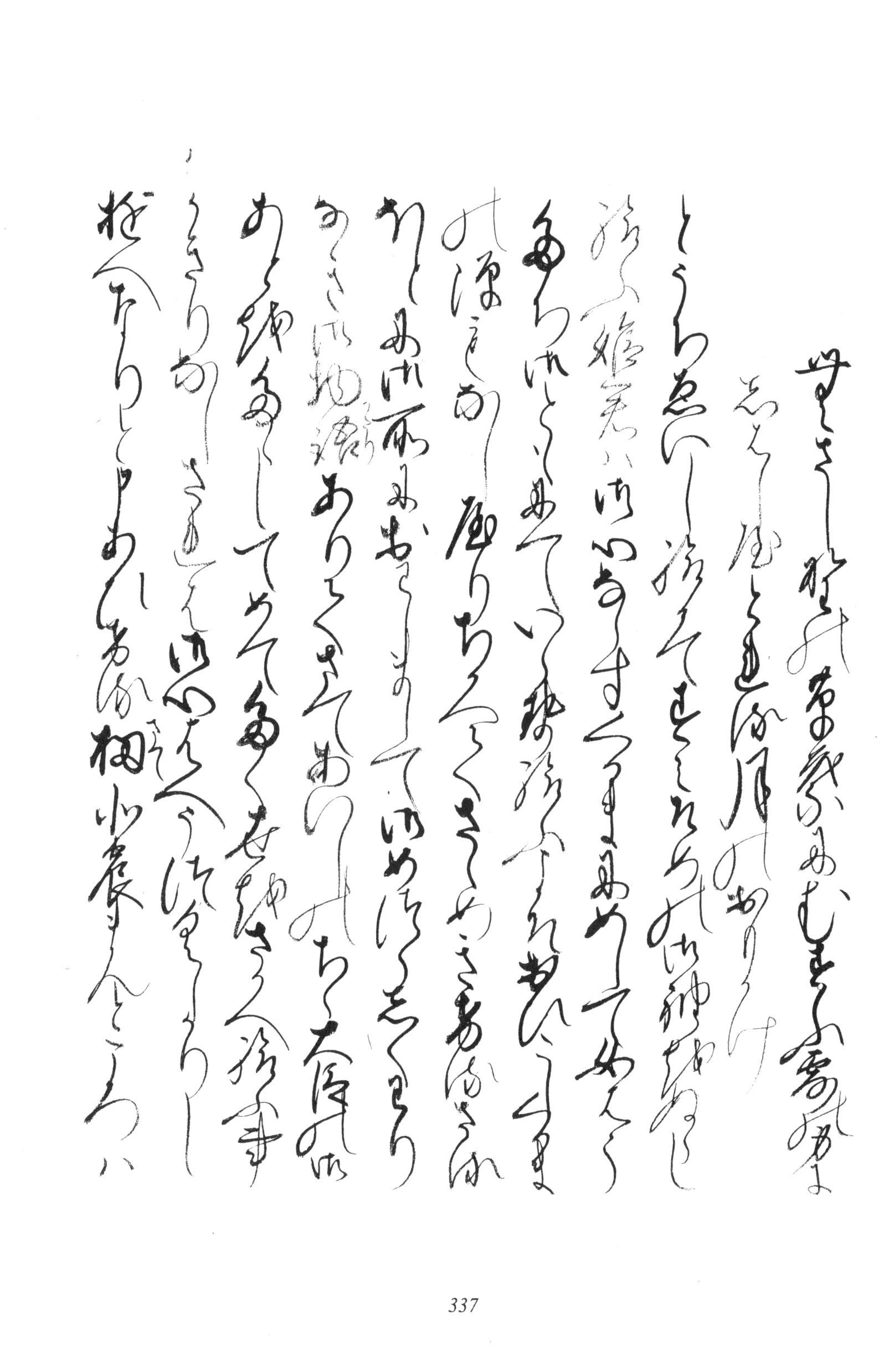

[illegible]

かくて女宮三人男宮二人にてさふらひ給
姫宮ハ后の宮の御はらに給ふ女宮し天上へ
けふあすあしくこさゐまさと宣旨給ひあられ
うつのれあるハ御ゆくうふいくはさこそ給へ
さてまたハ秋篠のあま君もそれはなとそ
おとまさへこさしこて一の宮へはかりさ給ひ御覚
とえさハ給ひふもすめれハあさりのあはれ
はらくさとえあいつのはんなかたはしめに
さ勝給ひて君いさまの搬ささから清もと
けあかりにハ給はをいうらなる女御てあさ給ひて
小君はかなハはかなり給へらひありてつめけれは世を

ことゝもやくれうつしくれねふりめされおなし二人み
ひろ君ハあひつゝおすくこくこ給しおなし
きゝあてゝくやそ夕くれ人ごゑあつまり給ふ女
月十八日に清水へまいりてつゝねんく今ハ
なみつたよりてこゝろ人あみはちゝへ わり ゑそうて候へ
とよ御母ハおけきやみし八のすり御はゝとおれ
人のみちおもれ人とこさ給ふてもされ観音れたん
うゝあん人ハあいきやうかみひろ君のゝとくせて
なから給ひてきおれみハなくらいてくまりし
一 たり給く七才人三とく二日ましやうゝ人のやく
こゝ御こされ日ハいう人の多つゝきまいらする

こちやうらいにあ(ゆ)みくさはしらもあゆみ
りしきれて三千三百人みれ[illegible]もくろく百あく
みれあもうらいらそて一さいしゆ生のみちそ
へをとるる衆生たら中ねるのさすれ
さんらいくてはこれせすてあへあへるくさゐ
て[illegible]こやうあもあへすりさてみ信(こゝや)すゐぬ
ほうをやうへみつうりてさやうあへまへ[illegible]ざへよ
ざりへとら[illegible]へあふ[illegible]りすさ[illegible]ゆよし
われそれみれせめてかくして[illegible]くれをすとなす
ますゆのあらほけらくまを[illegible]さら國土ゆ
みろしてもへらん将くらたらされくてう[illegible]を

ゑやうちうさゝめでたし御あれましまさん事こそや
うらし御して一さいのうちに御かげにかくれぬはなし
てらくに御まゐらせひらくまかりなくさるゝもの
あさましくあはれなりとおもひまゐらせて御すがた
てまつれるにもひかりみちてかゝやきけれはし
とはさん尊やこのかたちもこの三十三身
人はしるへしとてゆくへもしらすうせにけり
うしこ

具一切功徳　慈眼視衆生
福寿海無量　是故応頂礼

穐月之草紙已上三帖如本書記畢

解題

『秋月物語』は、室町物語としては、長編の公家物語である。継子物として有名な『住吉物語』や『伏屋の物語』等の影響を受けて成立した作品で、本物語では清水観音の霊験であるとする。『秋月物語』の簡単な内容は以下の通り。

大納言兼隆の姫君は七歳で母を失い、やがて継母が迎えられた。姫君が成人すると、関白の子二位の中将が恋文を送るが、継母は実子と契りを結ばせた。継母は悪人たちに命じて、姫君を海に捨てさせる。しかし、大亀となった亡き母に救われ、尼に伴われて九州秋月に下った。二位の中将は清水寺の示現によって姫君の居場所を知り、苦労しながらも姫君を京に連れ帰り、一門栄えた。

なお、『秋月物語』の伝本は、多く存在している。
以下に、本書の書誌を簡単に記す。

所蔵、架蔵
形態、写本、三冊
時代、［江戸前中期］写
寸法、縦三〇・九糎、横二二・二糎
表紙、紺色地表紙

外題、左上題簽「秋月物語」
内題、なし
料紙、楮紙
行数、半葉一一行
字高、約二三・五糎

室町物語影印叢刊45
秋月物語
定価は表紙に表示しています。

平成二三年九月三〇日　初版一刷発行
©編　者　石川　透
発行者　吉田栄治
印刷所エーヴィスシステムズ

発行所　㈱三弥井書店
東京都港区三田三−二−三九
振　替〇〇一九〇−八−二一一二五
電　話〇三−三四五二−八〇六九
FAX〇三−三四五六−〇三四六

ISBN978-4-8382-7078-1　C3019